Helmut Isaak

Meine Memoiren

Aus einem segensreichen Mennonitischen Wanderleben

Hier bin ich, Herr, sende mich

Bibliografische Information der Deutschen Nationalbibliothek:

Die Deutsche Nationalbibliothek verzeichnet diese Publikation in der Deutschen Nationalbibliografie; detaillierte bibliografische Daten sind im Internet über http://dnb.dnb.de abrufbar.

Umschlaggestaltung: Rudolf Dück Sawatzky

Titelbild: Versöhnung mit Jonoine mit Helmut Isaak auf der Mennonitischen Welt Konferenz in Asuncion 2009

Satz und Layout: Rudolf Dück Sawatzky

Korrektur: Rudolf Dück Sawatzky / Irmgard Vedder Dück Sawatzky

Weitere Mitwirkende: Eve Isaak

Herausgeber: Verlagsagentur Justbestebooks.de Rudolf Dück Sawatzky.

25451 Quickborn, Deutschland

Herstellung und Verlag:

BoD – Books on Demand, Norderstedt, ISBN 9783734796869

INHALTSVERZEICHNIS

Meine Kinder und meine Großkinder haben mich immer wieder gebeten, doch die Geschichte meines, und damit zum Teil auch ihres Lebens aufzuschreiben. Was ich hier im Folgenden berichte, sind die Erfahrungen meines Lebens, wie ich sie erlebt und gedeutet habe. Dabei versuche ich so objektiv wie möglich zu sein. Es ist mir jedoch von vorneherein klar, dass einzelne Personen und Gemeinschaften, die in meinem Leben eine entscheidende Rolle gespielt haben, verschiedene Ereignisse anders sehen und anders deuten werden. Da ich mir aber die Freiheit nehme meine Geschichte nach meiner Einsicht zu erzählen, muss ich ihnen auch das Recht einräumen, Dinge anders zu sehen.

Einleitend möchte ich auch erwähnen, dass ich nicht der einzige Student war, der nach einer abgeschlossenen Universitätsausbildung wieder in die mennonitischen Kolonien zurückkehrte, um sein Wissen und seine Gaben in den Dienst seiner Heimatgemeinschaft zu stellen, und dann aus verschiedenen Gründen nicht angenommen wurde. Es wäre schon die Mühe wert einmal herauszufinden, wie viele begabte Glieder der mennonitischen Gemeinschaften Paraguays von ihren Heimatgemeinden abgewiesen wurden, und gezwungen waren, sich eine neue Existenz im Auslande aufzubauen.

Es ist auch bekannt, dass es vieles in unseren mennonitischen Gemeinschaften gibt, das zu peinlich ist, um es zuzugeben und bei seinem rechten Namen zu nennen. Solange ein Vergehen aber totgeschwiegen wird, kann es schwer behoben werden. Wenn aber ein schweres Verbrechen nicht bei seinem rechten Namen genannt wird, kann es kaum überwunden werden.

So haben Untersuchungen von MCC ergeben, dass Inzest und andere schwere sexuale Vergehen unter den Mennoniten Nordamerikas genauso häufig vorkommen, wie in der sie umgebenden säkularen Gesellschaft. Dasselbe könnte man wahrscheinlich auf allen Gebieten des moralischen Lebens feststellen. Wir Mennoniten sind im täglichen Leben kaum besser, als die uns umgebenden weltlichen Gemeinschaften.

Wenn ich nun in den folgenden Kapiteln von der Korruption einiger der Leiter der Mennoniten Paraguays spreche, von der Herrschsucht und Intoleranz einiger ihrer religiösen Führer, dann geht es mir einzig und allein darum, Missstände bei ihrem Namen zu nennen, damit man sie nicht zu wiederholen braucht.

Dasselbe trifft auch auf die Missstände unter den LGM zu. LGM (Low German Mennonites) ist einfach ein Sammelbegriff für alle Mennoniten, für die Plattdeutsch auch heute noch die Hauptsprache ist. (Dabei sind wir uns durchaus bewusst, dass es bedeutende Unterschiede gibt zwischen den Altkoloniern, den Reinlaendern, Sommerfeldern und Kleingemeindlern). Auch diese sind mit ihrem einfachen Lebensstyl, ihrer oft totalen Kontrolle der einzelnen Glieder ihrer Gemeinden, ihrer Meidung und Absonderung von der bösen Welt keine idealen Gemeinschaften. Vielmehr ist es häufig so, dass gerade ihre Unwissenheit, ihre Absonderung und ihre Weltfremdheit es möglich machen, dass schlimme moralische Verbrechen, wie Inzest und andere Formen des emotionalen, physischen und sexualen Missbrauchs Ausmaße unter ihnen erreichen können, wie es in den weltlichen Gemeinschaften kaum denkbar ist. Damit, dass man dem Manne und Vater, als dem Haupte der ganzen Familie unbegrenzte Macht über alle Glieder seines Haushaltes einräumt, kann sich dieser auch emotional, physisch und sexual an den Gliedern seiner Familie vergehen, ohne dafür von der Gemeinde zur Verantwortung gezogen zu werden. Selbst die Landesregierungen in Mexico und Bolivien sind hilflos, da die mennonitischen Gemeinschaften durch ihre Privilegien berechtigt sind, ihre inneren Angelegenheiten selber zu regeln. Nur wenn ein Verbrecher vor dem weltlichen Gericht angeklagt wird, kann die öffentliche Rechtsprechung mit polizeilicher Gewalt eingreifen. Es ist dann auch kein Zufall, dass es unter den Mennoniten immer wieder heißt: Aber ihr werdet doch nicht zum Gesetz gehen. Das heißt, ihr werdet doch nicht das weltliche Gericht über Dinge entscheiden lassen, die unter der Ordnung der Gemeinde stehen, und von dieser geregelt werden müssten. Selbst aber, wenn die Gemeinde sich immer wieder als machtlos erwiesen hat, duldet man lieber schweigend die schlimmsten Verbrechen des sexuellen und anderen Formen des Missbrauches, als dass man an die Obrigkeit appelliert. Weiter werden die meisten der LGM so unwissend gehalten, dass sie nicht einmal wissen, dass die weltliche Obrigkeit auch für sie da ist, um auch sie vor allen Übergriffen gegen ihre menschlichen Rechte zu schützen.

Durch unsere Arbeit als Seelsorger und Berater in fünf verschiedenen Ländern, wurden uns Einblicke in das Gemeinde-, Gemeinschafts- und das Privatleben unserer Mennonitischen Gemeinschaften gewährt, wie sie selbst den meisten ihrer eigenen Mitglieder kaum bekannt sind.

Weiter möchte ich hier auch klarstellen, dass wir in allen Ländern, in denen wir gearbeitet haben auch sehr gute Erfahrungen gemacht haben, dass wir überall großartige Menschen kennen gelernt haben, und dass wir wissen, dass wir überall Brüder und Schwestern in Christus und gute Freunde zurückgelassen haben.

Als ich mich zur Taufe auf meinen Glauben an Jesus Christus entschied, wusste ich wohl, dass auch das Kreuz mit zur Nachfolge gehört. Dass unsere Arbeit auch immer wieder mit Lebensgefahr verbunden war, war nicht unbedingt am schwersten zu tragen. Schlimmer waren die Verleumdungen, die von den eigenen Glaubensgeschwistern kamen, und die wir wehrlos auf uns nehmen mussten. Wenn man seinen guten Ruf, seine Arbeit und seine Existenz verliert, und Frau und unschuldige Kinder darunter leiden müssen, dann kann ich Paulus heute sehr gut verstehen, wenn er darauf besteht, dass Arbeiter in der Gottesherrschaft lieber nicht heiraten und Kinder haben sollten.

Andererseits müssen wir Gott aber auch dafür danken, dass er uns immer wieder in schwierige Situationen geführt hat, wo wir unseren Glauben und unseren Gehorsam voll bewähren mussten. Und mit Seiner Hilfe sind wir ihm bis dahin treu geblieben!

Diese Erinnerungen sind daher auch ein Zeugnis von Gottes Allmacht, seiner Liebe und seiner Barmherzigkeit, die uns immer wieder auch durch die schwersten Erfahrungen unseres Lebens geführt und bewahrt hat.

Helmut Isaak

WELCHE WAHRHEIT?

Die Frage nach der Wahrheit ist so alt wie die menschliche Zivilisation. Es gab und gibt Zeiten, wo man behauptet, die absolute Wahrheit gefunden zu haben. Leider war und ist diese absolute Wahrheit doch immer auch das Produkt menschlicher Philosophie und Spekulation und damit relativ.

Jedes Volk und jede Nation braucht einen Konsensus über die allgemein akzeptierten Grundwahrheiten, worauf man seine Gesetze, seine politischen, sozialen und religiösen Systeme aufbauen kann. In einer reifen Demokratie darf man diese Prinzipien und ihre Durchführung immer wieder in Frage stellen, um sie zu verbessern und der jeweiligen Situation anzupassen. Dies ist aber nur möglich, wenn jedes Glied der Gemeinschaft das Recht hat, seine Überzeugung frei und offen zur allgemeinen Diskussion zu stellen. Gegenseitige Achtung und Toleranz sind dabei die Voraussetzung. Dabei ist es allen von vornherein deutlich, dass alle menschliche Wahrheit relativ ist.

In der jüdisch christlichen Tradition, oder in den Schriften des Alten und Neuen Testamentes, (AT, NT) wird die Wahrheit immer als göttliche Offenbarung verstanden. Da wir den Biblischen Gott in seiner Allmacht, Allwissenheit und Allgegenwart weder wirklich beweisen noch verstehen können, ist seine Wahrheit ein Begriff, der nur durch den Glauben erfasst und im Gehorsam sichtbar gemacht werden kann. Dabei glauben und leben wir immer nur das, was wir mit unserm Herzen, unserer Seele und unserem Geiste erfassen können. Diese Wahrheit darf daher niemals objektiviert und in allgemein bindende Dogmen festgelegt werden. Sie muss immer persönliches Zeugnis des Glaubens bleiben.

Die zehn Worte des Lebens von Exodus 20 und ihrer Auslegung in Matt.5-7, sind die kürzeste und genaueste Form der göttlichen Offenbarung und Seiner Wahrheit. Nach dieser findet der Mensch Sinn, Fülle und Erfüllung des Lebens in vier grundsätzlichen Beziehungen: in seiner Beziehung zu Gott, zu Gottes Schöpfung, zu sich selber und zu seinen Mitmenschen.

Die Biblische Wahrheit nach meiner persönlichen Erkenntnis und wie ich sie mit meinem Leben bezeugt habe ist:

Dass Gott Geist ist und als solcher für unser menschliches Denken und Fühlen unfassbar ist, dass Gott der Schöpfer und Erhalter des gesamten Universums ist,

dass Gott immer noch der Herr des Himmels und der Erde ist,

dass Gott den Menschen nach seinem Bild als Mann und Frau schuf,

dass der Mensch als Gemeinschaftswesen geschaffen ist, das heißt, dass er wahre Erfüllung des Lebens immer nur in der Gemeinschaft mit seinen Mitmenschen finden kann,

dass Gott dem Menschen die Organisation seiner Gemeinschaften überlassen hat,

dass damit jede soziale, politische, oder religiöse Institution menschliche Ordnung ist,

dass jede menschliche Ordnung relativ ist und beständig den Anforderungen der sich immer ändernden Entwicklung der Geschichte angepasst werden muss,

dass das ewige Heil des Menschen niemals von menschlichen Ordnungen abhängig ist,

dass der Mensch ohne Ordnung aber nicht leben kann,

dass jede menschliche Ordnung als Ideologie immer die Tendenz zur Selbstvergötzung in sich trägt und damit unsägliches Unheil über die Menschheit bringen kann,

dass selbst Taufe, Abendmahl, Ordination und Ehe an und für sich nicht heilswirkende Handlungen, oder Sakramente sind,

dass der Mensch frei ist, um Gott zu dienen, also nach seinen zehn Worten des Lebens und der Bergpredigt zu leben, oder sich seine eigenen Götter nach seinem eigenen Bilde zu schaffen und diesen zu dienen,

dass jede Form von Götzendienst das rechte Verhältnis zu Gott, zu seiner Schöpfung, zu uns selber und zu unseren Mitmenschen verfälscht und letzten Endes unser eigenes und das Leben unserer Mitmenschen zerstört,

dass jede Form von Götzendienst Sünde, also Verfehlung des uns von Gott gesetzten Zieles unseres Lebens ist, und somit letzten Endes zum Tode führt,

dass Leben nach dem Willen Gottes zu wahrer Freude, wahrer Gerechtigkeit und wahrem Frieden führt, dass das Sein wollen wie Gott, zu herrschen, auszubeuten, zu missbrauchen und zu töten, die größte Versuchung aller Zeiten für den Menschen war und immer noch ist, und dass er dieser Versuchung immer wieder zum Opfer gefallen ist, und immer noch fällt,

dass vor Gott alle Menschen, von allen Rassen, Sprachen und Kulturen, gleich sind,

dass nur einer, Gott, unser Vater ist, und dass wir Menschen untereinander Brüder und Schwestern sind,

dass Gott alle Menschen ohne Ausnahme liebt,

dass Gott will, dass alle Menschen volles und ewiges Leben haben sollen,

dass wir in eine Welt hineingeboren werden, wo die Versuchung zur Sünde immer gegenwärtig ist,

dass wir aus uns selber nicht die Kraft haben, den Versuchungen zur Sünde zu widerstehen,

dass Gott uns im Leben, im Tode und in der Auferstehung Jesu Christ frei gemacht hat von der Knechtschaft der Sünde und des Todes,

dass Jesus als das fehlerlose Gotteslamm sein Leben als Opfer für unsere Schulden dahingab, und dass wir durch ihn gerechtfertigt vor Gott stehen,

dass das Kreuz, das heißt unrechte Beschuldigungen, Verleumdung und Verfolgung, selbst der Tod, immer auch zur Nachfolge Jesu Christi gehört,

dass nur einer, Jesus Christus, unser Herr ist, und dass wir als Kinder Gottes, und als Bürger seines Reiches, alle gleich sind,

dass jeder Mensch für sich selber vor Gott Verantwortung für sein Leben ablegen muss,

dass wir in der Gottesherrschaft weder messen, richten noch verdammen dürfen,

dass es vielmehr unsere Aufgabe ist, die Lasten unserer Schwestern und Brüder tragen zu helfen und somit das Gesetz Christi zu erfüllen,

dass der Mensch als Mann und Frau immer noch frei ist, zwischen Gut und Böse zu wählen, dass das Verhältnis zwischen Mann und Frau in der Ehe ein gottgewolltes, und als solches rein und heilig ist,

dass diese Schöpfung immer noch Schöpfung Gottes ist, und als solche in unserem Tun und Handeln als Bürger seines Reiches sichtbar wird,

dass Jesus von Nazareth, ausgerüstet mit dem Heiligen Geist, die göttliche Wahrheit in seinem Leben sichtbare, tastbare und menschlich erfassbare Wirklichkeit machte,

dass Jesus damit zur Wahrheit, zum Wege und zur Erfüllung alles menschlichen Lebens wurde,

dass Jesus alle Menschen zur Umkehr von allen Formen des Götzendienstes aufruft, um in seiner Nachfolge wahre Gerechtigkeit, wahre Freiheit und wahren Frieden zu finden,

dass jeder Mensch, Frau oder Mann, die Entscheidung zur Nachfolge Jesu Christi, also die Wahl zwischen Leben und Tod, selber treffen muss,

dass wir nur einen Mittler zwischen uns und Gott haben, und das ist Jesus Christus,

dass die Wiedergeburt allein das Werk des Heiligen Geistes ist, der weder kontrolliert, noch manipuliert werden kann,

dass wir das Evangelium von Jesus Christus mit unserem ganzen Leben leben und mit Worten bezeugen,

dass alle Gaben in der Gottesherrschaft zum Dienste an unseren Mitmenschen gegeben sind,

dass jedes Kind Gottes durch den Heiligen Geist bestimmte Gaben zum Dienst am Nächsten empfangen hat, und dass wir damit alle Charismatiker sind,

dass wir, wenn wir den Ruf in die Nachfolge hören und annehmen, uns Gottes Willen unterstellen und so wieder zu seinen Kindern werden,

dass wir damit frei werden von allen Formen falschen Götzendienstes und unser Menschsein wieder voll ausleben können,

dass wir damit unser Leben als Geschenk von Gott annehmen, um es in voller Verantwortung vor seinem Angesicht zu leben,

dass wir damit neu von Oben, das heißt von Gott geboren, oder wiedergeboren werden, dass wir als Kinder Gottes diese Schöpfung so gestalten und verwalten, dass sie wieder als Gottes Schöpfung sichtbar wird, indem wir Gerechtigkeit und Frieden schaffen,

dass das höchste Gebot, oder die Zusammenfassung des ganzen Heilswillens Gottes, sich in der Liebe zu Gott, zu uns selber und zu unserem Nächsten erfüllt,

dass wir durch die Gabe des Heiligen Geistes fähig sind das Boese zu erkennen, zu überwinden und das Gute zu tun.

Nach diesen Biblischen Wahrheiten habe ich versucht mein Leben zu leben. Sie sind von meiner Erkenntnis der Wahrheit bestimmt. Da ich als Mensch aber von vorneherein unfähig bin alle göttliche Wahrheit voll zu erfassen, ist meine Erkenntnis der Wahrheit immer relativ, das heißt sie wird von den Grenzen meiner Erkenntnis, meines Gehorsams und meines Glaubens bestimmt. Ich darf sie nicht zu allgemein gültigen Dogmen erheben, sondern ich kann sie nur mit meinem Leben bezeugen. Indem ich das tue, lade ich meine Schwestern und Brüder zum Dialog ein, zu einem Austausch über unseren Glauben und unser Leben. So können wir miteinander in unserer Erkenntnis, in unserem Glauben und in unserem Gehorsam wachsen und zunehmen.

Als Petrus am Pfingsttage in Jerusalem seinen Glauben an Jesus Christus als dem verheißenen Messias, dem gekreuzigten Sohne Gottes und dem auferstandenen Herrn Himmels und der Erde bezeugte, entstand eine Gemeinschaft von Männern und Frauen, die Jesus auf seinem Wege des Lebens nachfolgten. Sie kamen täglich zusammen, um mehr über diesen Weg zu hören, um zu prüfen, ob es sich wirklich so verhalte, um zu beten und gemeinsam das Brot zu brechen. Als diese Gemeinschaft der Männer und Frauen dieses Weges dann rasend schnell wuchs und sich über die ganze Welt ausbreitete, musste sie sich organisieren und ihren Glauben genauer definieren. Im Apostolischen Glaubensbekenntnis wurde dieser Glaube zu einem bindenden Dogma, das als solches zur absoluten göttlchen Wahrheit erhoben wurde. Darauf konnte man dann im Laufe der Jahrhunderte eine Kirche aufbauen, die sich mit ihren Sakramenten zur allein Seelig machenden Heilsinstitution organisierte, und als Corpus Christianum die Welt beherrschte.

Durch den Humanismus und die Protestantische Reformation würde die Einheit und absolute Macht des Corpus Christianum gebrochen. Es entstanden neue Glaubensbekenntnisse und religiöse Institutionen, die das allgemeine Bild des Christentums noch bis heute bestimmen.

Unter den religiösen Bewegungen des sechszehnten Jahrhunderts waren die Anabaptisten diejenigen, die nicht von Reformation, sondern von Restitution sprachen. Sie wollten wieder Gemeinde Jesu Christi sein, so wie sie Pfingsten in Jerusalem entstanden war. Restitution bedeutete für sie aber auch, dass sie durch die neue Geburt von oben, also einer radikalen Wiedergeburt, wieder neu zum Ebenbilde Gottes erschaffen wurden. Als neu geborene Kinder Gottes waren sie wieder so wie Adam und Eva vor dem Sündenfall. Diese Welt wurde wieder zu Gottes Schöpfung für sie und konnte durch ihre Arbeit und ihr Handeln wieder zu einem Paradies für alle Menschen umgeschaffen werden. In diese neue Schöpfung wird der Mensch nicht auf natürliche Weise hineingeboren, sondern er wird Teil davon durch die geistliche Wiedergeburt, oder die neue Geburt von oben. Die so von oben Wiedergeborenen bilden das neue Volk Gottes, in welches nur Erwachsene auf das Zeugnis ihres Glaubens hinein getauft werden. Als Leib Christi in dieser Welt lesen sie alle miteinander die Bibel, erkennen ihre Wahrheit und leben diese aus. Das Gespräch ist daher die Grundstruktur dieser neuen Gemeinschaft. Gemeinsam brechen sie das Brot. Alle sind Schwestern und Brüder untereinander. In dieser Gemeinschaft gibt es keine Hierarchie, sondern nur verschiedene Gaben des Heiligen Geistes, die alle für den Dienst am Nächsten gegeben sind.

Eine solche freie Gemeinschaft der Gläubigen war im sechszehnten Jahrhundert undenkbar, und sie wurde vom ersten Augenblick ihres Entstehens mit Feuer und mit dem Schwerte verfolgt. Um zu überleben, flüchteten viele dieser Anabaptisten erst nach Mähren und dann nach Preußen, um dann als gesuchte Landwirte um 1800 in die Ukraine auszuwandern.

Hier entwickelten sie dann ein eigenartiges Selbstverständnis. Sie waren nicht mehr eine verfolgte Minderheit, sondern das 'Mennonitische Völklein', und somit mehr oder weniger ein Staat im Staate. Da sie in geschlossenen Siedlungen von der Rußischen Regierung angesiedelt wurden, sich selber verwalten durften, und dazu an erster Stelle eine religiöse Gemeinschaft waren, wurden sie Schritt für Schritt zu einem 'Mennonitischen Corpus Christianum'. Die Taufe war auch hier die Bedingung der Zugehörigkeit. Voraussetzung dafür war nicht mehr das persönliche Bekenntnis des Glaubens, sondern ein Alter von achtzehn bis zwanzig Jahren und das Auswendiglernen des Mennonitischen Katechismus. Ohne Taufe aber durfte niemand heiraten, eine Musterwirtschaft übernehmen, und damit Bürger der Gemeinschaft werden. Der Lehrdienst, bestehend aus dem Ältesten, den Predigern und den Diakonen, war die höchste Autorität, der sich selbst die zivile Verwaltung, das heißt die 'mennonitische Regierung' mit viel Widerstand unterstellen musste.

Als die Kommunistische Revolution in Russland dieses 'Mennonitische Corpus Christianum' vollständig vernichtete, konnte eine kleine Gruppe über Deutschland nach Paraguay flüchten und sich im Chaco Paraguays ansiedeln. Hier konnten sie nun geschützt vom Privilegium, das die Menno's (erste Mennonitischen Siedler, die 1927 im Chaco Paraguays ansiedelten und dort die Kolonie Menno gründeten. Daher der Begriff: die Menno's) ausgewirkt hatten, aufs Neue eine christliche Gesellschaft aufbauen, die gleichzeitig religiöse, wirtschaftliche, soziale, kulturelle und politische Gemeinschaft war. Es entstand eine Theokratie, wo die religiösen Führer im Namen Gottes die höchste Autorität ausübten. Je nach der Persönlichkeit ihrer jeweiligen religiösen Führer konnte man mehr offen und tolerant sein, oder aber auch absolute Autorität von Gottes Gnaden über das Heil eines jeden Fernheimers für sich beanspruchen. Ob jemand in dieser Gemeinschaft arbeiten und leben durfte, wurde nicht an erster Stelle von seinem beruflichen Wissen, oder Können bestimmt, sondern von seiner Bereitschaft, sich dem bestehenden System mit seinen Ordnungen bedingungslos, oder mindesten stillschweigend, einzuordnen. Wer nicht dazu bereit war oder auch nur kritische Fragen hatte, dem wurde unmissverständlich deutlich gemacht, dass er nicht willkommen sei. Da die kritischen Fragen meisten von jungen Akademikern kamen, die in Europa, in Nordamerika und auch an Lateinamerikanischen Hochschulen gelernt hatten selbständig zu denken, begegnete man ihnen von vorneherein mit Misstrauen. Den können wir nicht brauchen! Den ekeln wir wieder hinaus, hieß es dann, und er, oder auch sie, musste die Kolonien früher oder später verlassen.

PREDIGERWAHL 1974

Mit der Predigerwahl in Loma Plata 1974 erreichte mein Leben einen besonderen Höhepunkt. Mit 35 Jahren hatte ich einen kritischen Punkt in meinem Leben erreicht, von wo sich meine Zukunft weitgehend entscheiden würde. Alles, was ich bis dahin getan hatte, was ich mir an Wissen und Erkenntnis angeeignet hatte und wie ich es in meinem täglichen Leben ausgelebt hatte, wurde jetzt auf die Waagschale geworfen. Würde die Mennonitengemeinde Menno's mich annehmen mit meinem Biblischen Verständnis der Geistesgaben; mit meinem Verständnis der Gemeinde als Gemeinschaft aller Gläubigen wo alle gleich sind;

wo alle mitsprechen und mitentscheiden; wo alle nach dem Maß der Gaben und Erkenntnisse die Gott jedem Einzelnen gegeben hat mit verantwortlich sind für das Wohl der ganzen Gemeinschaft; und wo auch ich bereit war mein Wissen und meine Gaben in den Dienst der Gemeinde zu stellen. Würde die große Bruderschaft all das anerkennen und mich zur Prüfung meiner Gaben probeweise in den Predigerdienst einstellen. Wenn das geschehen würde und ich die Prüfung bestehen würde und für den Dienst eines Predigers durch Handauflegung gesegnet werden würde, dann hätte ich die Unterstützung der größten Gemeinde der Südamerikanischen Konferenz hinter mir gehabt. Ich hätte die Verleumdungen meiner großen Brüder in Fernheim mit dem Knüppel hinter dem Rücken widerlegen, oder sie auch einfach ignorieren können, und endlich an meine eigentliche Berufung, die Ausbildung von bibelfesten Gemeindearbeitern, herangehen können. Aber!

Die heiße Sonne ist endlich untergegangen. Die Kinder spielen und ich und meine Frau genießen die kühle Abendluft. Wir sprechen über die Predigerwahl, die am nächsten Morgen in der großen Kirche in Loma Plata abgehalten werden soll. Freunde haben Andeutungen gemacht, dass sie mir endlich die Sielen auflegen wollen, um mich als Prediger in den Dienst der Gemeinde zu stellen. Ich bin sehr unruhig und gespannt, da ich nur zu gut weiß, was jetzt auf mich und meine kleine Familie zukommt. Ich sehe ein schweres Unwetter im Anzuge, das unsere weitere Arbeit in Menno, im Chaco und unter den Mennoniten Südamerikas auf die Länge wohl unmöglich machen wird. Warum?

KINDHEIT UND JUGEND

Ich wurde am 5. August 1939 als neuntes von den zwölf Kindern von Jakob und Elisabeth Isaak in Filadelfia im Paraguayischen Chaco geboren. Mein Vater trug mich in das Geburtenregister in Filadelfia als Helmut Isaak ein. Da mein Vater Jakob und meine Vorväter Isaak und auch Abraham geheißen hatten, brauchte ich einen Namen, der mir die Kraft geben würde, mit diesem Erbe fertig zu werden. Persönlich bedeutete Helmut für mich immer: der mit dem hellen Mut; und Gott allein wusste, wie oft ich diesen brauchen würde in meinem Leben.

Wenn ich an meine Kindheit zurückdenke, dann kommen verschiedene Erinnerungen nach oben: Wir sitzen alle um den großen Familientisch zum Frühstück und Vater hält die Morgenandacht. Obzwar er nur das tägliche Kalenderblatt liest und die dazu gehörenden Bibelstellen, bis er dann sein langes

Gebet mit einem klaren Amen schließt, und wir endlich essen dürfen, ist für mich schon beinahe eine Ewigkeit vergangen. Während des Essens wird wenig gesprochen. Nach dem Essen aber wird die jeweils anfallende Arbeit im Hause, auf dem Hofe, oder auf den Feldern besprochen. Von fünf oder sechs Jahren an machen alle Kinder nach ihrem Vermögen beim Versorgen der verschiedenen Haustiere, beim Jäten des Unkrautes, beim Pflücken der Baumvolle oder beim Ernten der Bohnen oder Erdnüsse mit.

Schulpflichtige Kinder gehen für acht Monate von sieben bis zwölf Uhr des Morgens in die Dorfschule. Wir hatten eine sehr gute Lehrerin, die sehr interessant unterrichtete, und die Schüler nach ihren jeweiligen Gaben förderte. Wo in den Nachbardörfern die jungen Lehrer nach Herzenslust die Kinder prügelten, kam das bei uns so gut wie gar nicht vor. Nur das Lineal brauchte sie gelegentlich. Wenn ich wieder meine Hausarbeiten bekleckst hatte und alles sehr oberflächlich und nachlässig gemacht hatte, bekam ich wirklich einmal in meiner ganzen Schulzeit mit dem Lineal eins auf die offene Hand. Seitdem passte ich besser auf. Dabei überhörte ich sie einmal, als sie mit meinem Vater sprach: Helmut ist durchaus begabt, aber er ist zerstreut und er passt nicht auf. Seine Gedanken sind meistens irgendwo im Busch, oder auf den Feldern, oder in dem letzten Buch, das er gerade liest, aber nicht im Unterricht. Und damit hatte sie recht.

In den Pausen zwischen den Klassen spielten wir natürlich immer alle draußen auf dem Schulhof. Da der Schulhof am Tage zuvor kultivatert worden war, gab es großartige Erdkloesse zum werfen. Zuerst waren Zaunpfosten unser Ziel. Dann versuchten wir uns an den Ständern des Schulhauses. Und da geschah das Unglück. Ich hatte genau gezielt, aber der Erd-Kloss flog am Ständer vorbei genau ins Fenster mit den Glasscheiben und eine der Glasruten zerbrach. Diesmal kam unsere sonst sehr gesetzte Lehrerin wie der Blitz aus der Schule geschossen mit der Frage: Wer hat das getan? Alle Kinder zeigen auf mich. Meine Ausrede, dass die anderen auch alle geworfen hatten, half mir nichts. Es war fraglos mein Kloss, welcher das Glas zerschlagen hatte. Zur Strafe musste ich am Nachmittag zum Dorfschulzen gehen und ihm den angerichteten Schaden melden, denn Glasfenster waren damals noch sehr teuer. In meinem jungen Leben war das wohl der schwerste Weg, den ich bis dahin gegangen war. Als ich dann auf den Hof des Schulzen kam, und ihn mein Vergehen bekannte, lächelte er freundlich und meinte, damit sei die Sache dann geregelt. Von Schadenersatz wollte er nichts wissen. Wenn ich auf dem Hinweg kaum einen Fuß vor den anderen setzen konnte, berührten meine Füße auf dem Weg nach Hause kaum noch den Boden.

Mit etwa zehn Jahren entdeckte ich die unglaubliche Welt der Literatur. Wenn ich bis dahin jede freie Minute gebraucht hatte, um auf den Feldern und im Busch herumzustreichen, konnte ich es jetzt beinahe nicht abwarten, bis Vater wieder neue Bücher von der Leihbibliothek in Filadelfia mitbrachte. Ich verschlang einfach alles, was mir in die Hände kam. Dadurch erweiterte sich mein geistiger Horizont sehr schnell über die ganze Welt. Meine Leistungen in der Schule verbesserten sich von selber. Ich entwickelte einen Sinn für Sprache, und die Rechtschreibung und Grammatik der Deutsche Sprache machten mir keine Schwierigkeiten mehr.

Da wir mitten im Busch aufwuchsen, waren wir von Kindesbeinen an mit allen unseren Mitbewohnern der Chacowildnis bekannt. Schon von klein an machten wir mit der Gummischleuder Jagd auf alles was so um uns her lebte und webte. Das Ökosystem des Chaco wurde durch unsere Gummischleudern aber auf keinerlei Weise bedroht. Dieses wurde erst durch das massive Roden des Busches in seinem Gleichgewicht gestört.

Wir wurden schon von sehr jung an mit allen Arten von Schlangen fertig, ob es sich um Klapperschlangen, Ottern oder Korallenschlangen handelte, machte keinen Unterschied. Nur mit einer großen Anakonda erlebten wir eine unangenehme Überraschung. Als wir wieder einmal als Dorfs Jungen mit unseren Gummischleudern bewaffnet in den Busch gingen, sahen wir plötzlich eine dieser Riesenschlangen, wie sie sich gemütlich auf einer Sanddüne am Rande des Weges sonnte. Ohne lange zu überlegen, feuerten wir alle zugleich los. Als die Anakonda von den ersten Lehmkugeln getroffen wurde, machte sie sich blitzschnell aus dem Staube. Das heißt, sie bewegte sich rasend schnell in etwa zwei Meter Höhe von einem Busch zum nächsten. So etwas hatten wir noch niemals gesehen. Anstatt sich mühsam durch das Unterholz mit allen seinen Stacheln zu winden, lief sie einfach darüber hinweg, und war im nu unseren Blicken entschwunden. Als wir wieder einen warmen, sonnigen Morgen hatten, wurden wir uns einig, einmal nachzusehen, ob die Anakonda sich wieder auf der Sanddüne sonnte. Und tatsächlich lag sie wieder lang ausgestreckt auf der Sanddüne im warmen Sonnenschein. Ohne zu überlegen feuerten wir wieder los. Der Riesenschlange gefiel das aber gar nicht. Anstatt auszureißen, wie das erste Mal, hob sie ihren Kopf mindestens einen halben Meter vom Boden, fauchte wütend und ging dann zum Angriff über. Es brauchte keine Sekunde bis wir wussten, was jetzt geschehen musste. Gegen eine wütende Anakonda waren wir absolut hilflos. Also hieß es laufen, und das war was wir alle wie auf Kommando machten. Erst als wir wieder im Dorfe ankamen, wagten wir es uns umzuschauen. Von der Riesenschlange sahen wir keine Spur. Ich kann mir aber vorstellen, dass sie genau so viel Spaß daran gehabt hat, als sie uns alle davonlaufen sah, wie wir es einige Wochen vorher gehabt hatten. Ich kann mir auch vorstellen, dass sie sich dann wieder gemütlich auf dem warmen Sande ausgestreckt und den warmen Sonnenschein genossen hat, nachdem sie diese lästigen kleinen Burschen in die Flucht geschlagen hatte.

Mit zwölf Jahren hatte ich auf einem Ausflug einen schweren Unfall, der mein ganzes bisheriges Leben verändern sollte. Ich viel rücklings von einem schnell fahrenden Buggy auf den sehr harten und unebenen Lehmboden eines ausgetrockneten Wasserkampes. Da ich noch eine Weile über die raue Erde mitgeschleift wurde, verlor ich die Besinnung und musste von einem Freunde auf den Buggy getragen werden. Als die Eltern nach Hause kamen, hatte ich furchtbare Kopf- und Rückenschmerzen, die ich natürlich nicht wirklich eingestand. Da aber keine sichtbaren Knochenbrüche vorlagen, wurde weiter nichts unternommen. Erst als ich den Appetit verlor, und sich überall am Körper Schwellungen zeigten, wurden die Eltern besorgt, und Vater nahm mich auf der nächsten Reise mit nach Filadelfia zum Arzt. Eine gründliche Untersuchung zeigte, dass meine Nieren durch den Fall so schwer beschädigt waren, dass sie praktisch nicht mehr arbeiteten. Also musste ich erst einmal für vier und dann für sechs Wochen ins Krankenhaus, und für die nächsten Jahre durfte ich weder reiten, noch sonst irgendeine schwerere Arbeit verrichten. Auch mein Kreuz und mein Rückgrat hatten schwer unter dem Unfall gelitten. Aber darum kümmerte sich niemand. Mein ganzes bisheriges Leben hatte sich auf einen Schlag radikal verändert. Wenn ich vor dem Unfall über jeden Zaun sprang, auf jeden Baum kletterte, und alle unsere Pferde ohne Sattel ritt, musste ich jetzt alle Kraft daran setzen, um wieder gesund zu werden. Was aber nicht gelitten hatte, war mein Lesehunger und den konnte ich jetzt ohne Einschränkungen befriedigen. Schließlich gab es kaum noch etwas gab, was ich noch nicht gelesen hatte, denn die Leihbibliothek in Filadelfia war damals doch noch sehr beschränkt. Meine Nieren heilten langsam wieder aus. Mein Kreuz aber blieb für immer steif, und schmerzte, wenn ich mich beim Pflücken der Baumwolle oder der Bohnen zu lange bücken musste. Dann machte ich eben auf den Knien weiter, und pflückte immer noch mehr als alle anderen. Auch im Sport in der Schule war ich bald wieder unter den Besten. Das hatte nichts mit Angeberei oder Ehrgeiz zu tun. Das Arbeiten machte mir Spaß, und ich wollte einfach wieder gesund und so stark sein, wie meine Altersgenossen es waren. Damit bewies ich mir selber aber auch, dass ich, wenn ich mich wirklich ins Zeug legte, praktisch alles auf physischem und auch auf intellektuellem Gebiet erreichen konnte, was ich mir vorgenommen hatte.

Jähzorn ist eine Untugend, die es auch in der Isaaks Familie gab. Dass ich selber auch mein Teil davon geerbt hatte, wurde mir erst bewusst, als ich in eine Schlägerei mit einem meiner besten Freunde verwickelt wurde. Das geschah folgendermaßen. Es war unter den dreizehn bis vierzehn Jährigen damals so, dass jeder sich in ein gewisses Mädchen (oder Jungen) verliebte, und diese dann als seine Freundin betrachtete. Dabei hatten die meisten noch niemals persönlich miteinander gesprochen, denn dazu waren wir viel zu schüchtern. Nun war da dieses zierliche, lustige Kätchen. Sie war das absolute Gegenteil zu meinen langen Armen und Beinen, meiner Ungeschicktheit und meiner Schüchternheit. Ganz im Geheimen wurde sie zu meiner Angebeteten. Aber ich hatte einen Rivalen vom Nachbardorf, der bei uns zur Schule ging. Auf einem Schülerausflug hetzte der Vetter von Kätchen uns zusammen. Als mein Rivale mir den ersten Faustschlag verabreichte, verlor ich die Kontrolle, und wir prügelten uns nach Strich und Faden. Als er am nächsten Tag mit einem rot und grün unterlaufenen Gesicht in die Schule kam, schämte ich mich furchtbar. Da niemand aber etwas sagte, beobachtete unsere Lehrerin uns in den nächsten Tagen sehr genau. Als sie dann aber keine Feindseligkeiten zwischen uns feststellen konnte, denn die gab es einfach nicht, ließ sie die Sache auf sich beruhen. Ich aber nahm mir vor, dass ich niemals mehr in meinem Leben meine Hand gegen einen Mitmenschen erheben würde. Und dass habe ich durch Gottes Gnade auch so halten können. Allerdings sagt man mir nach, dass ich, wenn ich zu Unrecht beschuldigt werde, mit Worten immer noch sehr scharf zurückschlagen kann. Damit kämpfe ich immer noch. Dabei geht es mir nicht an erster Stelle darum, meine Unschuld zu beweisen, sondern die Wahrheit zu erweisen. Der Wahrheit ist aber immer am besten gedient, wenn man ruhig und besonnen für sie eintritt.

Das gesamte Leben in dem Fernheimer Gottesstaat wurde auf allen Gebieten von unserem Mennonitischen Glauben bestimmt. Jeder Tag begann mit einer längeren Morgenandacht. In der Schule hatten wir mindestens eine Stunde täglich Religionsunterricht. Am Sonnabendabend hatten wir als Dorfgemeinschaft Gebetstunde in der Schule. Sonntags war es selbstverständlich, dass wir alle zum Gottesdienst fuhren. Dazu kamen Bibelbesprechungen, die ich übrigens wirklich genoss, denn hier durften alle Teilnehmer an der Auslegung eines vorher bestimmten Buches der Bibel mitarbeiten. Dazu kamen dann jährliche Evangelisationen.

Als ich etwa 10 Jahre alt war, reiste eine Kinderevangelisten von Nordamerika durch die Dörfer und bekehrte alle Kinder. Auch meine Freunde und Altersgenossen bekehrten sich. Da ich aber nicht immer dabei war, hatte ich keine Gelegenheit mich auch zu bekehren. In den nächsten Wochen gab es dann einen deutlichen Unterschied zwischen den schon und den noch nicht Bekehrten. Nach einigen Wochen verflüchtigte sich der höhere Rang der Bekehrten aber zusehends und wir konnten wieder als normale Freunde miteinander umgehen. Es war auch nicht so, dass wir nicht alle an Gott und an Jesus Christus glaubten. Diese Bekehrungen hatten dann auch kaum etwas mit einer tieferen Erkenntnis der Wahrheit zu tun, sondern waren einfach sehr emotionelle religiöse Erfahrungen, die jeder Fernheimer früher oder später haben musste, wenn er jemals als vollwertiges Glied der Gesellschaft angenommen und mitsprechen wollte.

Mit etwa siebzehn Jahren hatte ich eine geistliche Erfahrung während der Evangelisation von A. Neufeld. Zur Taufe meldete ich mich aber noch nicht. Da war einfach zu viel, was ich noch durchdenken musste. Ich hatte einfach zu viele Fragen, die ich niemand zu stellen wagte. Zudem lebte ich nicht schlechter oder besser als meine bekehrten und getauften Freunde. Da ich ein scharfer Beobachter war, und sehr kritisch dachte, war das Leben meiner getauften Freunde aber kein Anlass für mich, um mich auch zur Taufe zu melden. Es war aber durchaus nicht so, dass ich nicht an Gott und an Jesus Christus glaubte. Aber das Scheinchristentum vieler meiner Bekannten stieß mich einfach ab. Es war auch nicht Selbstgerechtigkeit, die mich zurück hielt, denn ich wusste um meine eigenen Fehler nur zu gut Bescheid.

Als mein Bruder Kornelius dann sein Leben als Missionar der Ayoreos verlor, wusste ich, dass es auch für mich an der Zeit war, eine klare Entscheidung für Christus zu treffen. In tiefem Gebet trat ich vor Gott mit den Worten: Hier bin ich. Ich will nach deinem Willen leben und Jesus Christus nachfolgen. Wo immer Du mich rufen wirst, da will ich hingehen. Nachdem ich mich zu diesem

Entschluss durchgerungen hatte, meldete ich mich zur Taufe und wurde von meinem Vater auf das Bekenntnis meines Glaubens getauft.

Nachdem ich die Zentralschule in Filadelfia abgeschlossen hatte, blieb ich ein Jahr zu Hause, um meinem Bruder auf der Wirtschaft zu helfen. Ich wollte aber unbedingt weiter studieren. Es gab damals aber nur zwei Möglichkeiten zur Weiterbildung in den Kolonien, und das waren Krankenpfleger- oder Lehrerausbildung. Davon wählte ich die zweijährige Ausbildung zum Volksschullehrer. Da ich aber kein Interesse am Unterricht in der Volksschule hatte, war ich froh, dass ich keine Anstellung bekam. Damit hatte ich dann auch keine weiteren Verpflichtungen der Kolonie gegenüber. So war ich frei, um 1960 für ein Jahr nach Montevideo, Uruguay, ans Mennonitische Bibelseminar zu gehen. Dort lernte ich dann fliesend Spanisch zu sprechen, und hatte Zeit über meine weitere Zukunft nachzudenken.

SCHULE : 1961-1962

Meine Arbeit in Menno begann 1961 in der Vereinsschule in Loma Plata. Da Menno in diesen Jahren großen Lehrermangel hatte, und mein Vater ein guter Freund von Ältester Martin Friesen war, wurde mir eine Stelle als Lehrer an der Fortbildungsschule angeboten. Meine Vorbereitung bestand aus einem Lehrerdiplom von Filadelfia und einem weiteren Lehrertitel vom Erziehungsministerium Paraguays. Weiter hatte ich ein Jahr am Seminar in Montevideo studiert und sprach daher fließend Spanisch. Praktische Erfahrung im Lehrerberuf hatte ich aber nicht.

Ich wurde gleich in das Fortbildungsprogramm für Volksschullehrer eingespannt, das während der Sommerferien lief. Ich sollte also erfahrene Lehrer, die schon viele Jahre im Schuldienst gestanden hatten, unterrichten. Da ich selber so gut wie keine Erfahrung im Unterricht hatte, sagte ich glatt Nein! Aber es half alles nichts. An den folgenden Tagen ging ich frühmorgens immer in den naheliegenden Busch, um mir von Gott die notwendige Ruhe und Weisheit zu erbeten. Und Er gab sie mir. Als ich dann zum ersten Mal in die Klasse vor etwa zwanzig würdigen Lehrern trat – alle waren älter als ich und einige von ihnen hätten mein Großvater sein können - sprangen alle auf und standen stramm wie die Wachslichter. Mir blieb der Atem weg. Als ich wieder Luft hatte, bat ich sie sich doch zu setzen, und das niemals mehr zu machen, jedenfalls nicht für mich. Sie meinten jedoch, dass sie es von ihren Schülern jeden Morgen erwarteten.

Jetzt seien sie die Schüler, also mussten sie auch vor ihrem Lehrer stramm stehen. Aus diesem Anlass entwickelte sich ein anregendes Gespräch und damit war das Eis gebrochen. Der Unterricht konnte beginnen. Ich habe in diesen Wochen weit mehr gelernt, als irgendeiner meiner Studenten. Das Strammstehen, wenn ich in die Klasse trat, haben sie mir zum Gefallen dann aber doch gelassen. Als einer von ihnen später meine Frau traf, meinte er, sie habe sich da einen schön eigenwilligen Mann geheiratet. Sie sagte darauf nichts, denn das wusste sie schon längst.

Dabei hatte meine Reaktion auf das Strammstehen der ehrwürdigen Volksschullehrer nichts mit Eigenwillen zu tun, sondern mit meiner Achtung vor ihrer Erfahrung und mit meiner festen Überzeugung, dass wir als Lehrer, und übrigens als Menschen überhaupt, alle ebenbürtig sind. Wenn ich ihnen auch auf gewissen Gebieten des Wissens voraus war, so waren sie mir doch weit überlegen an praktischer Erfahrung und an Lebensweisheit.

Als dann der Unterricht mit den Schülern der Vereinschule begann, hatte ich keine Schmetterlinge mehr im Bauch. Die Arbeit mit den wissbegierigen Studenten, wovon manche in meinem Alter waren, machte mir viel Freude. Mein Verhältnis zu meinen Studenten gründete auf gegenseitigem Respekt und freundlichem Entgegenkommen. Obzwar ich ihnen noch im Wissen voraus war, war es nur eine Frage der Zeit, bis sie mich eingeholt, oder überholt haben würden. In praktischen Dingen waren sie mir durchaus ebenbürtig, oder sogar überlegen. Auf dieser Basis entwickelten sich Freundschaften, die noch heute bestehen.

1962 im April heiratete ich Kaethe Schellenberg, mit der ich zusammen im Dorfe aufgewachsen war. Wir waren in vielen Hinsichten absolute Gegensätze. Sie war zierlich, praktisch und unglaublich geschickt im Haushalt und in allem was mit physischer Arbeit zu tun hatte. Ich war groß, ungeschickt und hatte sehr wenig Interesse an praktischen Dingen. Während sie für die Kinder und den Haushalt lebte, bewegte ich mich meistens in meiner Welt der Bücher, der Ideen und der Forschung. So ergänzten wir uns ausgezeichnet, solange wir uns gegenseitig in unserem Sosein respektierten. Zusammen aber hatten wir unsere Kinder, die uns viel Freude machten.

Da wir uns voll in die Menno Gemeinschaft integrierten, fanden wir bald Freunde. Wir schlossen uns der Mennonitengemeinde in Loma Plata an, wurden Mitglieder in der Genossenschaft und Bürger der Kolonie, und machten alles mit, was in der Gesellschaft so vor sich ging. Der trockene und oft derbe Humor, die unverblümte Sprache und die Aufrichtigkeit der Menno's beeindruckten uns, und wir fühlten uns bald zu Hause. Allerdings lernte ich später auch, dass die Menno's auch gerissene Unterhändler und geschickte Diplomaten sein können.

WEITERBILDUNG 1963-1966.

Da wir uns besser für unsere Arbeit vorbereiten wollten, entschlossen wir uns 1963 zurück ans Mennonitische Seminar in Montevideo zu gehen, wo ich schon ein Jahr studiert hatte. Mit unserer kleinen Tochter Gisela, die erst zwei Wochen alt war, machten wir uns auf die Reise.

Die nächsten vier Jahre waren voll mit akademischen und finanziellen Herausforderungen. Die Schulleitung von Menno bot mir ihre Unterstützung an, wenn ich wieder zurückkommen würde. Ich erklärte jedoch, dass ich gerne wieder in Loma Plata arbeiten würde, aber lieber ohne Unterstützung und ohne Verpflichtungen. Unsere Ersparnisse reichten gerade nur für das erste Jahr. Dann übernahmen wir uns das Deutsche Studentenheim in Montevideo, wo Kaethe Hausmutter wurde und Gisela Riesenspaß mit den Studenten hatte, und dabei tadelloses Deutsch lernte. Im vierten, also dem praktische Jahr unsere Ausbildung, übernahmen wir eine kleine Gemeinde in La Paz, einem kleinen Städtchen in der Nähe von Montevideo. Zum ersten Mal lebten wir in einer rein spanisch-lateinamerikanischen Gesellschaft. Die Lernkurve war mindestens so steil als im Seminar, denn es galt, uns in einer neuen und fremden Kultur zurechtzufinden. Gisela, die kleine 'Rubia', wurde von allen bewundert und verwöhnt. Dabei lernte sie tadelloses Spanisch sprechen. Zu Weihnachten 1965 wurde Veronica geboren.

Das letzte Jahr unseres Studiums lebten wir wieder in der Residenz des Seminars in Montevideo. Residenz klingt großartig, aber diese bestand aus nur einem Zimmer, mit einem kleinen Fensterchen, einem Tisch zum Studieren und Essen, und einem kleinen WC mit Dusche. Dieses eine Zimmer diente als Kinder- Schlaf- Studier- und Wohnzimmer. Dazu war es so feucht, dass das Wasser im Winter von den Wänden lief.

Da ich der einzige Student in meinem Studiengang: *Licenciatura en Teologia* war, und in manchen Kursen den Professor nur für mich allein hatte, konnte ich sehr schnell voran kommen. Ich machte Seminare über die Theologie des AT und las die Bücher von von Rad und andern führenden Theologen des AT, ich studiert *D. Bonhoeffer* und lernte, dass das Christentum eigentlich keine Religion, sondern ein Weg des Lebens ist. Zur Theologie des NT studierte ich Conzelmann. Meine Abschlussthesis: *El efecto humanizador de la revelacion de Dios*, wurde mir später an der Universität von Amsterdam voll anerkannt, und öffnete mir die Tür für das Doktoralprogramm.

Führende lateinamerikanische und internationale Theologen besuchten das Seminar. Zu den glänzenden Rednern gehörten Emilio Castro, dem späteren Sekretär des Weltkirchenrates; Miguel Brunn, der es sich nicht nehmen ließ, auch den revolutionären Tupamaros das Evangelium zu predigen, und deshalb später von der Militärjunta gefoltert wurde; John Howard Yoder, mit dem ich über meine Thesis sprechen durfte; Ds. Fritz Kuiper, dem eigenwilligen und sehr gelehrten Pastor der Single Kerk in Amsterdam, der mich zu seinem Assistenten machte; hohen Vertretern der Russisch Orthodoxen Kirche, die uns das Evangelium so klar predigten, wie wir es nicht besser hätten tun können; Vorläufern der Befreiungstheologie wie Richard Shaull und vielen anderen mehr. Aus den sehr isolierten und konservativen mennonitischen Kolonien des Chaco wurden wir mitten in die radikalen Theologischen Strömungen und Bewegungen des zwanzigsten Jahrhunderts geworfen. Alle diese Information richtig zu verarbeiten und daraus eine eigene Theologie zu entwickeln war dann auch eine riesige Herausforderung.

WIEDER ZURÜCK IN LOMA PLATA 1967-1969

Nach dem Abschluss des Seminars kehrten wir zu Weihnachten 1966 wieder nach Loma Plata zurück. Mit dem Unterricht in der Secundaria de Loma Plata, wo ich Religion, Spanische und Deutsche Literatur, Geschichte und Geografie unterrichtete und Kaethe Handarbeit machte mit den Mädchen, verdienten wir unseren Unterhalt. Daneben wurde ich ehrenamtlich Jugendleiter, Schulleiter und Missionar für die Paraguayischen Nachbarn am Rande der Kolonie. Mein Wochenprogramm bestand aus 30 bis 36 Stunden Unterricht. Dann ging es am Sonnabendnachmittag nach Km 365, wo ich Paraguayer an der Ruta Transchaco besuchte und Bibelstunden abhielt. Abends musste ich dann noch häufig eine Jugendstunde leiten. Sonntags brauchte ich dann nur nach der Ordnung auf dem Schulhof und im Jungenheim zu sehen. Zu predigen und Gemeindearbeit brauchte ich nicht zu tun, da ich nicht gewählter Prediger der Mennogemeinde war. Meine Familie sah mich nur morgens früh, mittags zum Essen und zur 'Siesta' und abends nach neun Uhr, wenn die Kinder schon meistens im Bette waren. Kaethe machte den Haushalt und die Erziehung der Kinder auf mustergültige Weise. Wenn sie nicht so gerne mit den Kindern zu Hause geblieben wäre, hätten sich sehr schnell Eheprobleme entwickeln können, da ich immer unterwegs, oder an der Arbeit war. Abwechslung gab es nur, wenn wir zu fünfen, -1968 wurde Hans Norbert in Loma Plata geboren,- auf unserer Honda 90 auf Besuch zu unseren Eltern und Geschwistern in Fernheim fuhren.

KULTURELLE REVOLUTION

Die sechziger Jahre waren Jahre des Umbruchs in der Menno Kolonie. Die Mennos sprechen heute von der kulturellen Revolution, die auf schulischem Gebiet unter der Leitung von Martin Friesen, zusammen mit einer Reihe von begabten Lehrern in den fünfziger Jahren mit der Fortbildungsschule in Ebenfeld und dann mit der Vereinschule, der späteren Secundaria de Loma Plata, das ganze Erziehungswesen Menno's radikal veränderte. Auf wirtschaftlichem Gebiete oeffnete der Millonenkredit von der Regierung der USA neue Möglichkeiten zur Verbesserung der Land- und Viehwirtschaft. Auch auf religiösem Gebiete änderte sich vieles. Durch den unermüdlichen und sehr weisen Einsatz von Ältester Martin Friesen änderte sich auch das Gemeindewesen, um sich den neuen Forderungen der Mennogesellschaft anzupassen. Da die Altkolonier bekanntlich aber sehr zäh am Althergebrachten festhalten, besonders wenn es um den Glauben, die Gemeinde und die Tradition geht, konnte er nur sehr langsam vorangehen, denn die Möglichkeit einer Abwanderung, oder Spaltung der Gemeinde, war immer da. Dinge wie ein Gesangbuch mit Noten, vierstimmiges Singen, Sport, Volleyball und Fußball, Jugendarbeit, Sonntagschule, Frauenarbeit, modernes Unterrichtsmaterial für die Schulen, Musik im Gottesdienst waren damals revolutionär und wurden von der Mehrheit der Menno's vehement abgelehnt. Tatsächlich wanderte eine Gruppe von Menno's in den fünfziger Jahren nach Bolivien aus, wo sie bis heute auf ihre althergebrachte Weise das Leben durchaus erfolgreich meistern. Aber die Gemeinde- und Kolonieleitung machte unbeirrt weiter. Ohne das rasante Wachstum der Wirtschaft, die immer neue Möglichkeiten schuf und Herausforderungen stellte, wäre die kulturelle Revolution Menno's wohl nicht möglich gewesen, oder hätte sich viel langsamer entwickelt.

Das Argument der konservativen Menno's, die unbedingt am Althergebrachten festhalten wollten, war denkbar einfach: seit mehr als zweihundert Jahren haben wir in unseren Schulen nur Lesen, Schreiben und einfaches Rechnen unterrichtet. Als Material brauchten wir die Fibel, die Bibel und den Katechismus. Da die Bibel alle notwendigen Wahrheiten zum Leben enthält, und der Katechismus uns diese in einfacher Form verständlich macht, brauchen wir all das verwirrende neue Zeug in den Schulen einfach nicht. Wir haben das Leben bis dahin erfolgreich gemeistert, und werden es auch weiter tun. Der Beweis liegt doch auf der Hand! Wozu brauchen wir Sprachlehre, Geschichte, Geografie, Literatur, Anatomie, Naturkunde, Sozialkunde und Rechnen? Das Sprichwort: Je gelehrter, je verkehrter! War auch den Menno's durchaus bekannt.

Es gab viel Gerede, und viele falsche Informationen über das Lehrprogramm in der Vereinsschule waren im Umlauf. Um diese zu unterbinden fuhren Frank Zacharias von Winkler, MB, Canada, und ich 1968 durch die Dörfer und hielten Abendversammlungen in den Schulen ab. Wir sprachen ganz offen über das verschiedene Unterrichtsmaterial der Vereinsschule, über seinen Inhalt und seinen Sinn. Die Fragen unserer Zuhörer waren sehr offen und direkt, und wir versuchten diese so wahrheitsgetreu wie möglich zu beantworten. Von jetzt ab gab es keine Geheimnisse mehr in der Schule. Jeder war willkommen unseren Unterricht zu besuchen und unser Lehrmaterial zu prüfen. Das Resultat war überwältigend. Zum Schulanfang des neuen Jahres hatten wir 50% mehr Schüler und der Schulvorstand musste schnell Raum schaffen, um all diese neuen Studenten unter zu bringen.

Als Ältester Martin Friesen 1968 starb, hatte er Unglaubliches geleistet. Obzwar das Gemeindewesen sich nur langsam entwickeln konnte, hielt er aber immer seine schützende Hand über die Entwicklungen auf schulischem, sozialem und wirtschaftlichem Gebiet. Seine Autorität als Ältester, die man nur mit der Autorität eines Bischofes vergleichen kann, hatte er mir großer Weisheit für den Dienst seiner Gemeinde eingesetzt. Da er auch eine imponierende Persönlichkeit war und bibelfester als alle anderen Menno's, konnte niemand ihn zurechtweisen oder ihm Einhalt gebieten. Unter seinen Nachfolgern wurde das anders.

In den sechziger Jahren änderten sich auch die Verkehrsmittel. War man bis dahin auf Pferd und Wagen angewiesen, dann kamen jetzt die Fahrräder und dann die Motorräder auf die Straßen. Entfernungen, die bis dahin in einem Tage zurückgelegt wurden, konnten jetzt in einer Stunde bewältigt werden. Das kam der Wirtschaftsentwicklung natürlich zu gute. Aber auch die jungen Leute profitierten davon. Waren sie bis dahin für ihre Freizeitgestaltung auf den Bereich des Dorfes beschränkt gewesen, dann konnten sie jetzt in kurzer Zeit nicht nur die Nachbardörfer erreichen, sondern auch die Nachbarkolonien. Plötzlich war der ganze Chaco offen für sie. Da die jungen Menno's durchaus kreativ in ihrer Freizeitgestaltung waren und immer noch sind, und lustige, und auch derbe Streiche mit zur Unterhaltung dienten, gab es plötzlich Ordnungsprobleme, die von der lokalen Dorfverwaltung nicht mehr kontrolliert werden konnten. Verkehrsregeln und ein Ordnungsamt mussten eingeführt werden. Die typischen Menno's aber mögen keine festen Regeln. Selbst der Oberschulze wehrte sich mit dem Argument, es gebe in Menno nur eine Regel im Verkehr: Fahre niemand unter! Wenn sich alle daran halten würden, dann sei das Problem gelöst. Als dann noch schnelle Wagen, Camionettas und schwere Lastwagen auf die Straßen kamen, wurde es allen deutlich, dass es ohne feste Verkehrsregeln nicht mehr gehen würde. Der Lehrerverein besorgte die nationalen Verkehrsregeln, übersetzte sie ins Deutsche und machte diese den Bürgern und den Ordnungsmännern zugänglich. Überhaupt war der Lehrerverein in diesen Jahren die Organisation, die die kulturelle Revolution Menno's am meisten vorantrieb.

Die jungen Leute waren aber immer noch auf den Straßen und unterhielten sich auf ihre eigene, oft sehr originale Weise. Zum Beispiel konnte man jetzt mit einem schnellen Motorrad die Ordnungsmänner in Loma Plata, aber auch in den Nachbarkolonien zur Verfolgungsjagd herausfordern. Die Abendteuer, die sie dabei erlebten, wurden am nächsten Tage zum Gespräch der ganzen Gesellschaft, natürlich nur, wenn sie wieder heil davon gekommen waren. Wenn das Gegenteil der Fall war, wurde genau so sehr darüber gesprochen, und für Spott brauchten die jungen Helden dann auch nicht zu sorgen.

Von der Jugendarbeit aus suchten wir nach Alternativen. Programme am Sonnabendabend in der Aula waren sehr beliebt und hunderte von Jugendlichen machten mit. Noch beliebter waren Gesellschaftsspiele im Freien. Dazu kamen hunderte. Leider war die Beleuchtung unzureichend, so dass es schwieriger war für Ordnung zu sorgen. Das war aber nur ein Abend in der Woche. Was macht man an den restlichen sechs? Sport, Musik, Theater, Lesekreise waren nicht bekannt und wurden von der Gemeinde auch nicht gefördert. In der Vereinsschule experimentierten wir mit Sport, mit Völkerball, Volleyball und später auch mit Fußball. Als die Jungen und Mädchen erst einmal gelernt hatten mit dem Ball umzugehen, wurde jeden Nachmittag auf dem Schulhof mit großer Begeisterung Völkerball gespielt. Dabei waren die Mädchen genauso gut im abfangen und werfen des Balles, wie die Jungen. Langsam bekamen sie auch Geschmack an Volleyball. Um den Volleyball zu fördern, beschloss das Jugendkomitee das erste Volleyballturnier von Menno zu organisieren. Als Datum wurde der dritte Feiertag nach Ostern festgelegt. Sieben Teams hatten sich organisiert und jede freie Minute gebraucht, um zu trainieren. Es wurde ein Riesenerfolg. Unter dem Beifall von hunderten von Jugendlichen und auch Erwachsenen wurde das erste Volleyballturnier Menno's ausgetragen. Als Folge entstanden überall in den Dörfern neue Teams und im nächsten Jahr machten schon weit mehr mit. Für die nächsten Jahre wurde Volleyball der beliebteste Sport Menno's und ist es wohl immer noch.

Jugendarbeit wurde in diesen Jahren in Menno unter dem Schutze des Ältesten und unter Anleitung seines Sohnes Martin Friesen getrieben. Die Gemeinde machte keine Jugendarbeit. So war es schon immer gewesen, und so sollte es nach dem Willen der Mehrheit der Menno's auch weiter bleiben. Die Jugend Menno's war vom dreizehnten Lebensjahr bis zur Taufe sich selber überlassen. Auch hier sorgte Ältester Friesen fuer Neuerungen, die durch seinen Sohn, Lehrer Martin Friesen, eingeführt wurden.

Als Ältester Friesen starb, wurde Jakob Dueck von Blumengart, ein sehr frommer, demütiger und schlichter Mann, zum Ältesten gewählt. Vom Jugendkomitee fanden wir es an der Zeit, um den Segen für unsere Arbeit vom neuen Ältesten zu bitten. Also fuhren David Sawatzky und ich auf Besuch nach Blumengart. Nachdem wir dem Ältesten das Warum und das Wie der Jugendarbeit erklärt hatten, meinte er: selber habe er niemals an ähnlichen Programmen teilgenommen, denn es habe diese zu seiner Zeit einfach nicht gegeben. Er verstehe auch nur wenig davon. Aber wenn wir von der Notwendigkeit dieser Arbeit überzeugt seien, dann sollten wir nur so weiter machen! Wir hätten uns keine bessere Antwort wünschen können. Wir dürften ohne Kontrolle des immer noch sehr konservativen Lehrdienstes, nur in Beratung mit Lehrer Martin Friesen weiter Jugendarbeit machen. Als ich ein ähnliches Gespräch mit dem Ältesten in Süd Menno führen wollte, um auch dort mit Jugendarbeit anzufangen, war dieser anfänglich bereit dazu. Ich war aber noch nur bis Lolita gekommen, als mich die Nachricht erreichte, ich brauche schon nicht zu kommen. Einige Jahre später konnte Andreas Friesen dann die Jugendarbeit in Süd Menno mit großer Energie und Einfallreichtum einführen.

Auf einer der Jugendfreizeiten am Jaraguy war Doc Schroeder von CMBC unser Gastredner. Da er selber als Alkolonier aufgewachsen war, verstand er unsere Jugend ausgezeichnet. In der freien Zeit gab es viel zu lachen, denn Doc. Schroeder hatte es auch hinter den Ohren, und konnte von so manch einem lustigen Streich in seiner Jugendzeit erzählen. Allerdings wurde er etwas besorgt, denn er hatte ein gewisses verschmitztes Lächeln auf den Gesichtern seiner Zuhörer gesehen und erwartete, dass er das Opfer des nächsten Streiches sein würde.

DEE FRIA

Als Schulleiter bekam ich 1968 von der Schulbehörde grünes Licht, um das erste Theaterstück in Menno einzuüben und aufzuführen. Ich wählte das lustige plattdeutsche Stück von Arnold Dueck: Dee Fria. Die Spieler waren alle von der vierten Klasse der Vereinsschule und machten ihre Rollen ausgezeichnet. In Loma Plata füllte die Aula sich an zwei Abenden. Dieses Stück trugen wir dann in Asuncion, Witmarsum, Curitiba und San Paulo vor und bezahlten damit den ganzen Ausflug der vierten Klasse zum Atlantischen Ozean.

Wie gespannt das Verhältnis zwischen Lehrdienst und Schule wirklich war, merkte ich am Morgen vor der ersten Aufführung. Ich war gerade fertig, um mich auf den Weg zur Schule zu machen, als zwei würdige Prediger auf den Hof kamen und mich um eine Unterredung baten. Ich holte also Stühle heraus und wir nahmen Platz. Sie kamen gleich zur Sache: Sie seien gekommen, um mich zu bitten die Aufführung des Lustspieles am Abend abzusagen. Ich weigerte mich rundheraus mit der Begründung, dass ich die Sache dem Schulkomitee vorgelegt habe und dieses mir die Erlaubnis gegeben habe. Zusätzlich sei der Gehilfe des Ältesten auf der Sitzung gewesen, und auch dieser als Vertreter des Lehrdienstes habe keinen Einwand gemacht. Sie baten mich weiter, mir die Sache doch noch zu überlegen, aber ich blieb fest. Da die Schule weder Kolonie- noch Gemeindeschule war, sondern von einem Verein finanziert und geführt wurde, hatte der Lehrdienst als solcher eigentlich keine Autorität über diese, und konnte zu ihren Programmen keinen direkten Einspruch erheben. Als Glieder in der Gemeinde unterstanden aber alle Lehrer und Mitglieder des Vereins seiner Autorität.

Als ich am Nachmittag zu meinem Freund zur Terrerepause fuhr, grinste dieser übers ganze Gesicht und fragte: So, waren die Omns heute bei dir? Und wirst du absagen? Meine Antwort war: natürlich nicht! Wie schwer ich mich damit gegen die höchste Autorität Menno's vergangen hatte, wurde mir erst später bewusst. Wenn der Lehrdienst zwei seiner Vertreter mit einer bestimmten Bitte (lies: einem bestimmten Befehl) zu einem Gemeindeglied ins Haus schickt, dann gilt es zu gehorchen, sonst droht der Ausschluss aus der Gemeinde. – Es war ja auch gar nicht so, dass die Zukunft der Schule von dieser Aufführung abhängig war. Aber warum hatte der Vertreter des Lehrdienstes im Schulvorstand mir die Sache nicht von vorneherein abgesagt. Ich hätte mich ohne weiteres gefügt. Aber so einfach am Morgen vor der ersten Aufführung hereinplatzen und mir die Sache absagen, dass ging dann doch nicht. – Später wurde mir dann aber auch deutlich, dass der Schulvorstand auf sehr diplomatische Weise dem Fernheimer,- und der würde ich in ihren Augen immer bleiben,- erlaubten die noch sehr umstrittenen Programme einzuführen. Wenn dieser sich dabei die Finger verbrannte, konnten sie immer noch die Unschuldigen spielen und dem 'Russen' die Schuld in die Schuhe schieben. Auch das verstanden sie ausgezeichnet.

10 LEGUAS (18750ha)

Die zehn Leguas gehörten einem Argentinischen Großgrundbesitzer. Da sie praktisch mitten in der Kolonie lagen, und Menno immer neues Siedlungsland für seine jungen Familien brauchte, wollten sie dieses schon immer kaufen. Aber jedes Mal, wenn sie Geld dafür zusammengespart hatten, schraubte der Argentinier den Preis höher. Mit dem Bau der Ruta Trans Chaco kamen immer mehr Paraguayer in den Chaco. Manche siedelten einfach auf den zehn Leguas, ohne das Land zu kaufen.

Nun hatte Pater Bosch diese Siedler, die natürlich alle Katholiken waren, organisiert damit sie gemeinsam das Land kaufen würden. Dazu musste es aber erst von einem Landmesser entsprechend vermessen und eingeteilt werden. Also legten die Siedler ihre Sparpfennige zusammen und ließen einen Landmesser von Asuncion kommen. Gerade als der Landmesser mitten in seiner Arbeit war, verhandelt auch Menno wieder mit dem Argentinier, um das Land endlich zu kaufen. Als Pater Bosch davon hörte, kam er aufgeregt zu uns in Loma Plata. Dieses Projekt seiner Gemeindeglieder war ein erstmaliges gemeinsames Unternehmen, das auch für andere Siedlungsprojekte als Muster dienen sollte. Dieser Siedlungsplan war jetzt in Gefahr, denn wenn die Menno's mit dem Kauf des Landes ernst machen würden, würde die Regierung es ihnen schließlich doch zusprechen. Wir Menno's würden doch auf keinen Fall die armen Paraguayer von ihrem Lande vertreiben, um unsere eigenen Dörfer darauf anzulegen! Ich fuhr gleich zu einigen Predigern, um ihnen das Problem vorzulegen. Alle waren entrüstet und meinten, so etwas würde Menno niemals tun. Dann fuhr ich zum Oberschulzen und legte auch ihm die Sache vor. Da er nicht um das Siedlungsprojekt von Pater Bosch gewusst habe, würde Menno die Verhandlungen um den Landkauf sogleich abbrechen.

Dann geschah das Unglück. Als der Landmesser beinahe mit seiner Arbeit fertig war, und seinen Lohn schon voll einkassiert hatte, haute er einfach ab, und die armen Paraguayer hatten nicht nur ihr Geld verloren, sondern verloren später auch ihr Land.

Später wurde uns natürlich deutlich, wie wir dieses Desaster hätten verhindern können und auch sollen. Menno hätte das Land im Einvernehmen mit Pater Bosch und den paraguayischen Siedlern kaufen sollen. Dann hätte Menno den Siedlern ihre Parzellen zu günstigen Bedingungen verkaufen können. Den Rest hätte Menno sich mit den Chulupie Indianern von Yalve Sanga, die ebenfalls an dem Lande interessiert waren, geteilt.

SOMMERBIBELSCHULE AUF KM 365

Die freien Sommermonate machten David Sawatzky, Abram Unrau, Johann Hiebert und ich Sommerbibelschule mit den Paraguayer Kindern an der Ruta Transchaco auf Km.365. Als wir in der Nähe von unserem Ziel an der Katholischen Schule vorbeikamen, sahen wir, dass der Landrover des zuständigen Priesters auf dem Hofe geparkt stand. Also hielten wir an, um mit ihm zu sprechen. Ich wollte nicht einfach ungefragt mit einem religiösen Programm in seine Gemeinde einbrechen, ohne mindestens mit ihm darüber gesprochen zu haben. In Montevideo hatten wir uns mit Studenten des katholischen Seminars getroffen und festgestellt, dass diese mindestens so bibelfest und evangelisch gesinnt waren wie wir. Also erklärten wir Pater Selwitsch unser Vorhaben. Dann bemerkte ich zusätzlich, dass es nicht unsere Absicht sei, die Kinder zu Mennoniten zu machen und Proselyten von den Erwachsenen zu gewinnen. Wenn er uns bis dahin ruhig angehört hatte, dann konnte er sich jetzt die Bemerkung nicht verkneifen: Wenn wir jetzt auch nicht die Absicht hätten, später würde es dann doch geschehen. Er hatte schon so seine Erfahrungen mit den Mennoniten. Später bekam er dann doch recht, als ich nicht mehr verantwortlich war für das Programm.

Als wir das Programm der Sommerbibelschule mit Martin Friesen besprachen, wurde eindeutig festgelegt, dass es nicht darum gehe Proselyten zu gewinnen, sondern biblisches Wissen an die Kinder zu vermitteln, eine Voraussetzung für diese, um später gute Christen zu werden. Wir wussten auch, dass die Katholische Kirche mehr Bibeln an ihre Glieder verteilte als die gesamten Bibelgesellschaften zusammen. Es war uns auch bekannt, dass sie Leiter in den verschiedenen Siedlungen ausbildete, die dann Bibelstunden mit den Nachbarn durchführten. Weiter wussten wir, dass es durchaus viele guten Christen in der Katholischen Kirche gab, genauso wie unter den Mennoniten. Weiter lernten wir von Pater Bosch, dass die Kindertaufe für ihn und viele seiner Kollegen kein Sakrament mehr sei. Die Kinder würden vielmehr auf das Versprechen der Eltern, ihr Kind im Christlichen Glauben zu erziehen, getauft. Wenn die Eltern aber kaum etwas vom Christentum wussten, mussten sie erst im Christlichen Glauben unterrichtet werden, und dann erst konnten ihre Kinder getauft werden.

Für den Unterricht pachteten wir uns einfach die leeren Hütten am Rande der Ruta. So hatten wir zwar ein Dach ueberm Kopf, aber es gab keine Türen und Fenster. Um uns vor den Millionen Mücken zu schützen, machten wir einfach ein Feuer von trockenen Kuhfladen. Der beißende Rauch vertrieb zwar die blutgierigen Biester, dafür aber mussten wir beständig um frische Luft ringen. Abends machten wir dann Bibelstunden mit den Erwachsenen, die ebenfalls gut besucht wurden.

Bei der Registration der Schüler merkten wir auch, dass Kinder von derselben Mutter häufig verschiedene Familiennahmen trugen. Sie hatten einfach verschiedene Väter. Ihre Mütter waren zähe paraguayische Frauen, die ihre vielen Kinder selbständig versorgten. Dann gingen sie aber doch in eine neue Beziehung ein, wenn sich ein passender Kandidat fand. Die meisten dieser Väter arbeiteten auf den umliegenden Estancias. Auch wenn sie ihre Kinder hätten versorgen wollen, war ihr Gehalt so niedrig, dass es einfach nicht ausreichte, um eine Familie zu ernähren. Auch das Schlachten der Rinder der mennonitischen Nachbarn war keine wirkliche Lösung, da diese immer wieder die Militärpolizei zu Hilfe riefen. Und wehe, wenn man dieser in die Hände viel! Wenn sie dann das Weinen der hungrigen Kinder nicht mehr ertragen konnten, hauten sie einfach ab und die arme Frau hatte ein weiteres Kind zu versorgen.

Es wurde uns weiter sehr schnell deutlich, dass Biblische Geschichten und schöne Sprüche aus der Heiligen Schrift auf hungrigem Magen wohl wenig Frucht bringen würden. Hier musste das ganze Evangelium ausgelebt werden. Hier musste radikal geholfen werden. Wir suchten nach Lösungen.

NATURSCHUTZ

In den sechziger Jahren kamen europäische Tierhändler in den Chaco, um alles aufzukaufen, was auf dem Bauche kriecht, auf Beinen läuft, oder in der Luft fliegt. Es gab keine Gesetze, die ihr Treiben hinderten. Und wenn es sie schon gab, dann hatte Paraguay einfach nicht die Mittel, um diese durchzusetzen. Die Kinder unserer Schulen wurden zu begeisterten Fallenstellern und verdienten sich ganz schöne Taschengelder. Als Lehrerverein wurden wir besorgt. Besonders auf die schönen Rotkehlchen und Sprechpapageien hatten die Händler es abgesehen, und diese wurden immer seltener. Wir sprachen über Tier- und Naturschutz. Was konnten wir machen?

Einer unserer jungen Lehrer hatte eine großartige Idee, wie man diesem Übel beikommen konnte. Als die Kinder am nächsten Tag wieder alle in der Schule waren, erzählte er ihnen folgende Geschichte: Da war doch dieses Rotkehlchen Paar in seinem Garten. Da es genügend geregnet hatte, und es Überfluss an Futter für sie gab, beschlossen sie ein Nest zu bauen und eine Familie zu gründen. Begeistert gingen sie an die Arbeit. Als das Nest in einigen Tagen fertig war, legte Frau Rotkehlchen vier bunt gesprenkelte Eier hinein. In den nächsten Wochen saßen Herr oder Frau Rotkehlchen abwechselnd auf dem Nest, um die Eier auszubrüten. Als die Kleinen ausschlüpften, kümmerten die Eltern sich auf mustergültige Weise um sie und versorgten ihre Kinder mit allem, was sie zum

Leben brauchten. Doch wehe, eines Tages kamen die Eltern von der Futtersuche nicht mehr zurück. Jemand hatte sie gefangen, und die kleinen Rotkehlchen waren jetzt am verhungern. Den Kindern kamen die Tränen in die Augen. Dann geht plötzlich die Hand von der kleinen Maria hoch: Herr Lehrer, darf ich schnell nach Hause laufen, denn ich möchte meine gefangenen Rotkehlchen, die ich morgen verkaufen wollte, wieder frei lassen. Der Lehrer lächelt und fragt, ob andere das auch tun möchten. Alle Hände fliegen hoch und alle gefangenen Vögel und Tiere im Dorfe werden wieder frei gelassen. Als der Händler am nächsten Tage ins Dorf kommt, gibt es nichts mehr für ihn zu kaufen. Das Beispiel sprach sich herum, und in kurzer Zeit war der blühende Handel mit wilden Vögeln und Tieren lahmgelegt. Übrigens konnte der Lehrer seinen Kindern am nächsten Morgen mitteilen, das Vater und Mutter Rotkehlchen wieder zurück seien und eifrig ihre Kleinen versorgten.

Ein weiteres Thema, das auf den Lehrerkonferenzen in diesen Jahren ausführlich besprochen wurde, war der Naturschutz. Mit den schweren Bulldozern wurden tausende Hektar Busch gerodet und in Weideflächen für das Vieh verwandelt. Das war eine durchaus positive Entwicklung für die Wirtschaft und den Fortschritt der Kolonie. Aber es war höchste Zeit, um typische Landschaften des Chacos in Naturschutzgebiete zu verwandeln. Dazu gehörten vor allem die Laguna vom Jaraguy, die Süßwasser- und Salzlagunen des Marienkampes im Osten der Kolonie, und Laguna Capitan, die heute mitten in der Kolonie liegt. Wir wählten Delegationen, um mit der Kolonieverwaltung zu verhandeln. Da Buschland damals noch nicht knapp war, konnten wir tausende Hektar für Naturschutzgebiete reservieren. Privates Land frei zu bekommen, war schwieriger. Da gab es auf Campo Arena, auf der Wegkreuzung nach Friedensfeld ein wunderschönes Stück unangetastetes Kampland. Mit Cornelius Sawatzky fuhren wir auf Besuch zu dem Eigentümer. Leider verlief unser Gespräch erfolglos. Mit genügend Geld hätte man das Stück wahrscheinlich kaufen können, aber weder der Lehrerverein noch die Kolonieverwaltung hatte auch nur einen Pfennig dafür übrig.

Weiter kümmerte der Lehrerverein sich um den Jagdschutz. Dafür gab es wohl nationale Regeln und Gesetze, die leider auch nur auf dem Papier standen, praktisch aber nicht durchgeführt wurden, oder aus Mangel an Finanzen auch nicht durchgeführt werden konnten. Das Ministerium in Asuncion war begeistert, als wir in Asuncion vorstellig wurden und stellte uns alles Material zur Verfügung.

Da dieses natürlich in Spanischer Sprache war, übernahm der Lehrerverein wieder die Übersetzung, den Druck und den Vertrieb der Pamphlete.

AMSTERDAM 1970-1972

Drs. Fritz Kuiper wünschte, dass wir gleich nach Montevideo nach Amsterdam ans Doopsgezinded Seminar kommen sollten, um dort weiter zu studieren. Ich lehnte ab mit der Begründung: zuerst müsste ich in den Chaco zurückkehren, um dort wieder einige Jahre zu arbeiten. Dann würde Amsterdam eine großartige Gelegenheit sein.

Nach drei Jahren sehr intensiver Arbeit in Loma Plata waren wir dann bereit für Amsterdam. Als wir dann Anfangs 1970 Nachricht erhielten, dass wir kommen könnten, verkauften wir alles, was wir hatten und machten uns mit drei kleinen Kindern und vier Koffern, unserem gesamten Besitz, auf die Reise zum Studium in Amsterdam. Unsere gesamten Ersparnisse reichten gerade für die Busfahrkarten bis Santos und die Schiffsreise bis Hamburg. Da ich nicht wusste, wie es von Hamburg weiter nach Amsterdam gehen sollte, borgte ich mir in Witmarsum hundert Dollar. Als wir in Santos nicht gleich aufs Schiff gelassen wurden, mussten wir unsere knurrenden Magen auf später vertrösten, denn mit einem Hundert Dollar Scheck konnte ich in Santos nichts anfangen. Unser Schiff, die Rio Tunayan, die unter Argentinischer Flagge fuhr, war auf ihrer letzten Reise, denn in Hamburg sollte sie verschrottet werden. Obzwar es alles andere als ein Luxusdampfer war, war das Essen sehr reichlich und auch die Bedienung ließ nichts zu wünschen übrig. Vor allem gab es reichlich Fleisch. Die Steaks waren so groß wie der Teller und mindestens einen Zoll dick. Wenn das nicht reichte, bekam man ein zweites. Unser Jüngster, Hans Norbert, der bis dahin immer etwas empfindlich gewesen war, aß sich in drei Wochen gesund und kam als strammer Bursche in Amsterdam an. Nach den Kanarischen Inseln lief unser Dampfer in Vigo an, wo er seine Abfahrt um vier Stunden verzögerte, da der Nordatlantik wieder einmal von wilden Stürmen heimgesucht wurde. Als wir dann wieder auf hoher See waren, legte unser Schiff sich erst auf die linke Seite, ging dann vorne hoch, um sich dann auf die rechte Seite zu legen. Zum Schluss hob es dann den Hinteren so hoch in die Luft, dass uns Hören und Sehen verging. Da es ihre letzte Fahrt war, musste die alte Dame uns noch einmal so richtig zeigen, wie sie mit den Riesenwellen, die immer wieder über das ganze Schiff schlugen, fertig werden konnte. Der Speisesaal wurde immer leerer, bis schließlich nur noch die Isaaks regelmäßig zum Essen kamen. Die 'Mosos' konnten es nicht glauben, dass die Landraten aus dem Chaco noch am längsten durchhielten, und sie fütterten uns umso reichlicher. Von meiner Familie war ich der einzige, der einmal schnell nach draußen gehen musste, um nach dem Wetter zu schauen.

Als wir dann in Le Havre anlegten, wartet ein Telegramm von Amsterdam auf uns. Darin wurde uns mitgeteilt, dass zwei Studenten des Seminars, Mieke Krebber und Dirk Visser, uns in Hamburg im Hafen mit einem VW-Kombi erwarteten, um uns sicher nach Amsterdam zu bringen.

Als wir dann spät am Abend in Amsterdam ankamen, waren die Betten in unserem schönen Reihenhaus gemacht und der Kühlschrank übervoll mit Lebensmitteln. Wir konnten es uns nicht besser wünschen. Auch für unseren Unterhalt sorgten die Doopsgezinden auf großartige Weise. Von Dank wollten sie dabei nichts wissen.

Da wir zum Studieren gekommen waren, galt es jetzt so schnell wie möglich Holländisch zu lernen. Das war schwieriger als gedacht. Man kann in Holland alle Sprachen der Welt lernen, aber Holländisch für Erwachsene gab es scheinbar nicht. Schließlich fanden wir doch eine Schule, die Gastarbeiter in die Geheimnisse der Holländischen Sprache einführte. Mit der Hilfe von individuellen Tonbandgeräten und persönlicher Beratung von der Lehrerin konnte ich mich in einigen Monaten ziemlich gut in Holländisch unterhalten. Wenn wir es mit der Aussprache nicht richtig hin bekamen, half uns Gisela, die die Sprache in der Volksschule spielend erlernte. Mit der Grammatik hatten wir wenige Schwierigkeiten, mit der Rechtschreibung aber haperte es immer noch.

Dirk und Miekke wurden meine Mentoren und sehr geschätzte Freunde unserer Familie. Mit ihrer Hilfe fand ich mich schnell im Leben des Seminars und der Universität von Amsterdam zurecht. Der Dozent für Mennonitica, Ds Meihuizen, kam einmal wöchentlich von Den Haag, um mich in das Fach einzuführen, und das in deutscher Sprache. Was das für ihn bedeutete, lernte ich erst später richtig schätzen, als man mir erzählte, dass er auch am Widerstand gegen die Deutsche Besatzung im Zweiten Weltkrieg beteiligt gewesen war. – Überhaupt war die Deutsche Sprache alles andere als beliebt in den Niederlanden. Als wir in unserem Wohnviertel Deutsch sprachen, begegneten die Nachbarn uns misstrauisch. Dieses Misstrauen verlor sich dann aber sehr schnell, als wir nach kurzer Zeit Holländisch sprachen, und uns nicht als Deutsche, sondern als Paraguayer vorstellten.

Als ich meinen Freunden mitteilte, dass ich nicht an der Seminar- also der praktischen Ausbildung zum Pastor interessiert sei, sondern einen akademischen Titel an der Universität erwerben wollte, um dann am Seminar in Montevideo zu unterrichten, lächelten sie zunächst etwas nachsichtig. Aber sie halfen mir mit der Einschreibung an der Theologischen Fakultät der Universität von Amsterdam. Da man sich mit dreißig Jahren -ich war gerade alt genug- an jeder Universität in den Niederlanden einschreiben konnte, hatte ich damit keine Schwierigkeiten. Ich durfte also ins Wasser springen, ob ich schwimmen konnte, würde ich selber beweisen müssen.

Im September 1970 stieg ich voll in das Doktoralprogramm der Universität ein, und blieb nicht nur über Wasser, sondern konnte auch ganz gut schwimmen. Mit andern Worten, die Professoren der verschieden Fächer merkten sehr schnell, dass ich nicht nur mitsprechen konnte, sondern auch häufig neue Ideen einbringen, oder scharfsinnige Bemerkungen machen konnte. Da ich selber denken gelernt hatte, und von keiner Schule oder akademischen Strömung geprägt war, konnte ich Fragen und Probleme häufig von einer Seite ansprechen, die neu und original war. Das machte Eindruck.

Auf Empfehlung meiner Fakultät wurde ich auf Grund meiner *Licenciatura en Teologia* von Montevideo vom Kandidatsexamen freigestellt und bekam vor Weihnachten 1970 vom Minister für Erziehung die offizielle Erlaubnis in das Doktoralprogramm einzusteigen. Die Tür zu einem Drs. in Theologie war offen, und doch auch etwas beklommen, stieg ich ein.

Jetzt hieß es arbeiten. Ich wählte als Hauptfach Mennonitica mit Prof. I. Horst. Als Nebenfächer Religionsphilosophie mit Prof. Oosterbaan und als guter Lateinamerikaner, Befreiungstheologie mit Prof. K. Streit. Das sehr offene Studienprogramm der Universität passte mir ausgezeichnet. Mit den jeweiligen Professoren wurde das Studienprogramm, das heißt die jeweils angewiesene Bücherliste aufgestellt, die ich dann durcharbeiten musste. Wenn ich glaubte meinen Stoff entsprechen zu beherrschen, meldete ich mich bei meinem Professor und wurde von ihm zum Tee in seinem Hause eingeladen. Nachdem der Tee serviert und jeder ein Stückchen Kuchen gegessen hatte, begann das Gespräch. Die Fragen des Professors richteten sich immer darauf, ob ich den Stoff entsprechend verarbeitet und ein sinnvolles Gespräch darüber führen konnte. Meisten zogen sich diese Gespräche über einige Stunden. Nach einem halben Jahr konnte ich das erste Nebenfach abschließen und mit dem zweiten beginnen. Vorlesungen machte ich mit, wenn immer ich Zeit dafür hatte. Das Hauptgewicht lag aber auf dem selbständigen Studium meines jeweiligen Faches. Nachdem ich mein Studientempo entwickelt hatte, machte ich ununterbrochen weiter, um in zwei Jahren mein Doktoralexamen abzulegen. Das war ein Rekord. Meine Doktoralthesis schrieb ich über: *Das Weltverständnis Menno Simons*. Dazu hatte ich die Opera Omnia von Menno mehr als einmal gründlich durchgearbeitet. Diese Thesis wurde später in gekürzter Form von den 'Mennonitischen Geschichtsblättern' veröffentlicht.

Professor Horst wünschte, dass ich sofort mit meiner Dissertation, der deutschen Habilitationsschrift, weitermachen sollte. Finanziell wäre es damals noch möglich gewesen die großzügige Unterstützung der Niederländischen Regierung dafür zu gewinnen. Da es aber immer unsere Absicht gewesen war am Seminar in Montevideo zu arbeiten, lehnten wir es ab. Nach drei Jahren Amsterdam war es höchste Zeit wieder im Chaco zu arbeiten, um das Vertrauen der Mennonitischen Gemeinden nicht zu verlieren. So dachten wir jedenfalls.

Neben meinem Studium sorgten meine Mentoren dafür, dass wir zum Südamerikanischen Studententreffen in Deutschland fahren konnten. Weiter machte ich Studienkonferenzen in der Schweiz und auf dem Thomashof in Deutschland mit. Mit Dirk und Mieke machten wir zu sieben in einem kleinen Citroen Reisen nach Friesland und nach den Broederschapshaeusern im Lande. Ich wurde eingeladen, um über verschiedene Probleme Lateinamerikas zu sprechen. Selbst an der Mennonitischen Weltkonferenz 1972 in Curitiba durfte ich teilnehmen. Die Zeit verflog uns im Fluge. Mitte Dezember 1972 bestiegen wir die KLM auf dem Flughafen von Amsterdam, um nach Hause zurückzukehren.

Als Familie hatten wir eine sehr intensive und interessante Zeit in den Niederlanden erlebt. Unsere Kinder sprachen Holländisch jetzt als erste Sprache. Auch in der Holländischen Kultur und Gesellschaft fühlten wir uns schnell zu Hause. Uns definitiv in den Niederlanden heimisch zu machen, würde später eine große Versuchung für uns sein. Überhaupt blieb Holländisch für die nächsten Jahre unsere Familiensprache. Wenn wir in der Gesellschaft oder auf Familienfesten etwas Persönliches als Familie zu besprechen hatten, schalteten wir einfach auf Holländisch über. Dies war sehr praktisch, aber nicht immer gerade höflich.

CAMPO ACEVAL

Auf der Konferenz des Weltkirchenrates in Uppsala 1968 wurde von den Mitgliedskirchen beschlossen mindestens 1% ihres Gesamteinkommens für Entwicklungshilfe auszugeben. Da die *DOOPSGEZINDE SOCIETEIT* Mitglied des Weltkirchenrates war, suchten sie nach einem guten Projekt. Da ein großer Prozentsatz der Armen Lateinamerikas Analphabeten sind und deshalb schwer Arbeit finden können, entwickelte ich ein Projekt, um zu helfen dieses Problem zu überwinden. Der Vorschlag wurde angenommen, und als wir zu Weihnachten 1972 zurück in den Chaco zogen, wurde mir die Durchführung des Projektes übergeben. Von unseren Erfahrungen mit den Land- und arbeitslosen Paraguayern an der Ruta Transchaco wussten wir aber auch, dass wir unseren Nachbarn erst helfen mussten selbständige Landwirte zu werden, um dann auch an ihre Alphabetisierung zu denken.

Da die Kolonie dieses Projekt nicht übernehmen wollte, wurde ein Komitee mit dem Namen *Comite de Asistencia Social,* kurz *CAS,* gegründet. Nachdem wir verschiedene Möglichkeiten untersucht hatten, entschlossen wir uns unsere Arbeit zunächst auf die unmittelbaren Nachbarn unserer Dörfer zu richten. Zuerst aber fuhren wir durch die Dörfer, um Mitglieder für CAS zu werben. Unser Argument war einfach: die Paraguayer sind unsere Nachbarn und werden es auch immer bleiben. Die meisten sind bitter arm. Um ihre Familien zu versorgen, werden sie auch in Zukunft weiter unsere Milchkühe stehlen und schlachten, es sei denn, dass wir ihnen helfen, wirtschaftlich selbständig zu werden. Wer möchte dabei mithelfen. In kurzer Zeit hatte CAS über hundert Landwirte als Mitglieder, die alle einen finanziellen Beitrag für die Arbeit leisteten.

Da unsere paraguayischen Nachbarn alle von Ostparaguay kamen, wo alles wächst und Frucht bringt, was man in die Erde steckt, waren sie im Chaco zunächst hilflos. Hier muss der Boden erst entsprechen vorbereitet werden. Wenn es dann genügend regnet, kann man mit der Aussaat beginnen. Und wenn es weiter genügend regnet, kann man auf eine Ernte hoffen. Wir mussten also zuerst Beratungsarbeit für Landwirtschaft und Viehzucht leisten, um dann an Schulen und Erwachsenenbildung zu denken.

Die Unterstützung durch die Doopsgezinde Societeit machte es möglich Abram Siemens mit seiner Frau Ursula für diese Arbeit anzuwerben. Nach einigen Jahren am Seminar in Montevideo hatten diese die Stelle als Berater auf einem landwirtschaftlichen Entwicklungsprojekt im Argentinischen Chaco angenommen.

Mit einem Jeep fuhr Abram wöchentlich in die umliegenden Paraguayersiedlungen, um ihnen bei allen möglichen Schwierigkeiten beratend zur Seite zu stehen. Mit Pferden, mit wildem Vieh, mit dem Messer und mit Lederarbeit verstanden diese Leute sich ausgezeichnet. Wie man aber einen Pflug, oder eine Pflanzmaschine einstellt, davon hatte sie keine Ahnung. So fuhr einer von ihnen einen halben Tag über sein Feld und pflanzte Baumwolle. Dabei wunderte er sich, dass der Samen im Behälter nicht abnahm. Als Abram zufällig vorbeikam, zeigte er ihm, dass der Verschluss geöffnet werden müsse und wo sich dieser befand. Damit war das Rätsel gelöst. Seine mühsame Arbeit aber musste der gute Mann wiederholen.

Als es dann um die Vermarktung ihrer Produkte ging, machten wir sicher, dass die Kooperative Menno's diese aufkaufte. Dabei machten wir auch sicher, dass die neuen paraguayischen Bauern denselben Preis für ihre Baumwolle gezahlt bekamen, wie unsere eigenen. Das war nicht selbstverständlich. Bis dahin hatten die Paraguayer ihre Produkte an den *Macatero, einem fliegenden Händler,* verkauft, der mit seinem Lastwagen alle paar Wochen durch die Siedlungen fuhr. Dabei brachte er den Siedlern alles was diese unbedingt zum Leben brauchten. Da sie meistens kein Geld hatten, tauschte er seine Waren gegen Baumwolle und andere Produkte ein. Dass er seine Waren dabei mit dem doppelten, oder dreifachen Preis berechnete, und Produkte der Siedler nicht einmal halb bezahlte, war selbstverständlich. Wenn der arme Siedler nichts zu verkaufen hatte, gewährte der Macatero ihm Kredite, die dieser mit der nächsten Ernte abzahlen konnte. Leider reichte diese nächste Ernte niemals aus, um die Schulden zu bezahlen. So entstand ein System der Ausbeutung, dass wir zu brechen versuchten.

Erst versuchten wir es mit der Gründung von Kooperativen. Die paraguayischen Nachbarn waren begeistert. Als es dann aber um die Leitung dieser Kooperativen ging, saßen wir fest. Wir sollten diese übernehmen, denn sie würden auch ihrem besten Freunde die Verwaltung ihres Geldes niemals anvertrauen. Wir lehnten ab, denn damit hätten wir das Hauptziel unserer Arbeit, die Selbständigkeit unserer Nachbarn, verfehlt. Damit aber, dass unsere Kooperativen den vollen Preis für die Produkte unserer Nachbarn zahlten, und diese in unseren Genossenschaftsläden alle Konsumgüter zu normalen Preisen einkaufen konnten, brachen wir ihre Abhängigkeit von dem Macatero. Dass freute die „Macateros" und die Offiziere der Militärkontrollen an der Ruta, die alle mit profitierten, gar nicht.

Pater Bosch, mit dem wir eng zusammen arbeiteten, machte uns auf die Gefahren und mögliche Folgen unserer Arbeit aufmerksam. Mit unserer Arbeit könnten wir des Kommunismus beschuldigt werden. Solche Beschuldigung brauchte in den Stroessner Jahren nicht bewiesen zu werden. Die Beschuldigten wurden einfach von der Militärpolizei abgeholt und verschwanden, nachdem sie furchtbar gefoltert waren, spurlos auf nimmer Wiedersehen. Da die des Kommunismus Beschuldigten vollständig von der Welt abgeschnitten wurden, und niemand wusste, wo sie waren, gab es nur eine Möglichkeit zur Rettung. Vor der Hinrichtung durfte jeder Gefangene seine Beichte ablegen und konnte sich seinen Beichtvater selber wählen. Pater Bosch gab uns nun den Namen des Beichtvaters von Stroessner. Wenn dieser erfahren würde, dass unschuldige Mennoniten vor der Hinrichtung standen, würde er gleich Stroessner informieren, und wir hätten Aussicht, mit dem Leben davon zu kommen.

Anfangs der siebziger Jahre hatte IBR, das Ministerium für Landwirtschaft, von dem Großgrundbesitzer Pastore 10 Leguas (18750ha) mit ausgezeichnetem Kampland im Westen von Süd Menno beschlagnahmt. Seit dem Chacokrieg war dieser Kamp als Campo Aceval bekannt. Hier wurde jetzt unter der Aufsicht des Ministeriums für Landwirtschaft eine Mustersiedlung für die landlosen Paraguayer angelegt. Das Land wurde in Parzellen von je fünfzig bis hundert Hektar aufgeteilt und zu so günstigen Bedingungen angeboten, dass jeder Landlose sie erfüllen konnte. Die jährlichen Zahlungen entsprachen etwa dem Werte einer Kuh. Sollte es einmal eine totale Missernte geben, dann konnte man immer noch eine Kuh von den Mennonitischen Nachbarn stehlen und so die Zahlung machen. Die Parzellen waren im Nu alle vergeben.

Auch das Zentrum der Siedlung wurde mit Baustellen für Banken, Schulen, Erste Hilfe und zukünftigen Einwohnern geplant. Selbst an einen Agronomen hatte man gedacht und ein Haus für ihn wurde auf Kosten der Regierung gebaut. Das Denkmal aber zu Ehren Stroessners wurde zuerst gebaut, und dieser ließ auf dem offenen Camp einen Landestreifen anlegen, wo er mit seiner DC3 zur Einweihung landen konnte. Es wurde ein großartiges Fest.

Die neuen Landwirte gingen begeistert an die Arbeit. Das Land war bis zum Frühjahr eingezäunt und gerodet, und am Rande des Busches wurden die einfachen Wohnungen gebaut. Als die Frühjahrsregen kamen, sollte die Aussaat beginnen. Aber womit? Die leichten Reitpferde der Bauern waren ungeeignet für die schwere Arbeit auf dem Lande. Die alten Pflüge, die man von den Mennonitischen Nachbarn gekauft oder auch geschenkt bekommen hatte, mussten eingestellt werden. Der Agronom, der fleißig durch die Siedlung fuhr, hatte zwar weisen Rat, aber keine praktische Hilfe. – Hier war eine großartige Gelegenheit für CAS, um zu helfen. Wir organisierten unsere Mennonitischen Landwirte von den umliegenden Dörfern, die mit ihren Maschinen das Land pflügten und besäten. Das Jäten des Unkrautes und das Ernten der Baumwolle war dann wieder die Verantwortung der neuen Landbesitzer. Die erste Ernte fiel sehr gut aus. Für die zweite Ernte hatten sich die neuen Landwirte schon Arbeiter von Concepcion geholt. Als wir während der Ernte an einem nationalen Feiertag auf Besuch kamen, spielten die Bauern Volleyball, während ihre Arbeiter fleißig Baumwolle pflückten. Aus arbeitslosen, verachteten Viehtreibern und Viehdieben waren selbstbewusste Landwirte geworden, die jetzt den armen Einwohnern von Concepcion die Möglichkeit boten, sich etwas Geld zu verdienen. Was sich ebenfalls sehr günstig auf das Verhältnis zwischen Paraguayern und Mennoniten auswirkte war, dass kaum noch Vieh gestohlen wurde.

Campo Aceval wurde jetzt zum Mittelpunkt unserer Arbeit. Da Abram und Ursula Siemens inzwischen nach Canada ausgewandert waren, suchten wir nach einer Familie mit möglichst vielen Landwirtschaftsmaschinen und kräftigen Jungen, die diese bedienen konnten. Kornelius Toewsen von Buena Vista waren bereit nach Campo Aceval zu ziehen. Wir bauten ein geräumiges Haus im neuen Dorfe für sie, wo sie mit ihrer großen Familie wohnen konnten. Mit ihren Maschinen bearbeiteten sie jetzt das Land auf Kredit, den die Bauern dann mit einem Teil ihrer Ernte abzahlten.

EVANGELISATION

Durch unsere Zusammenarbeit hatten wir Pater Bosch als guten Christen kennen gelernt. Einmal monatlich kam er nach Loma Plata, um mit uns gemeinsam die Bibel zu lesen und Gebetsgemeinschaft zu pflegen. Dass er uns dabei immer mehr in die landwirtschaftliche Entwicklungsarbeit seiner Gemeinden und weniger in die Evangelisation einspannen wollte, konnten wir durchaus verstehen. Als Mennoniten hätten wir es genauso gemacht. Als dann eine

Evangelisation auf Km 365 geplant wurde, bot er uns trotzdem den Hof seiner Schule an. Mit dem Jesus Film, den man zeigen wollte, war er durchaus einverstanden. Aber er hatte eine große Frage: Was werdet ihr mit den Personen machen, die an diesen Abenden eine Entscheidung für Jesus treffen werden? Werdet ihr sie taufen, und damit zu Proselyten machen. Wenn ihr das macht, müsst ihr folgendes wissen: Für den einfachen Paraguayer ist die Taufe ein Sakrament, und wenn er dieses doppelt bekommen kann, dann ist er sich damit seines Seelenheils so viel sicherer. Weiter verlieren diese widergetauften Katholiken die Gemeinschaft mit ihren Verwandten und Freunden. Sie rechnen aber damit, dass sie mit der Taufe vollwertige Mennoniten werden und damit auch Anschluss an das Wirtschafts- und Sozialwesen der Kolonien bekommen. Das geschieht aber nicht. Ihr tauft sie zwar, aber sie bleiben weiter genauso ausgeschlossen von eurer Gemeinschaft, wie sie vorher waren. Sie gehören nicht mehr zur paraguayischen Gemeinschaft und ihr nehmt sie nicht als gleichwertige Glieder in eure Gemeinden auf. Sie gehören also nirgends mehr dazu. Alles was ich antworten konnte war: Ich werde alles tun, was ich kann, um dies zu verhindern im Einverständnis mit dem Beschluss mit Martin Friesen von 1967, als wir die Arbeit anfingen. Aber seit der Predigerwahl hat man mir die Leitung dieser Arbeit abgenommen. Man hat mir mein Stimmrecht genommen; ich darf öffentlich nicht mehr auftreten; auch in der Schule darf ich nur unter Bedingungen arbeiten, die ich nicht annehmen kann. Wir sind gezwungen die Kolonien zu verlassen. Auf die Zukunft der Transchaco Arbeit habe ich keinen Einfluss mehr. Heute gibt es auf Km 365 an der Ruta Transchaco eine evangelische Gemeinde, die von einer Gemeinde in Menno finanziert wird.

DU BIST LIBERAL GEWORDEN UND DAMIT EIN IRRLEHRER

Mein Studium der Mennonitica hatte meine Überzeugung von der Gemeinde als Gemeinschaft aller Gläubigen, wo wir alle miteinander als Schwestern und Brüder gleich sind, weiter befestigt. In solch einer Gemeinde ist das Gespräch die Grundstruktur. Das heißt, verschiedene Einsichten und Überzeugungen werden mit gegenseitigem Respekt durchgesprochen. Voraussetzung dabei ist, dass wir alle weiter voneinander lernen wollen, und dass niemand die Erkenntnis aller Wahrheiten hat, oder zumindest für sich in Anspruch nimmt. Gemeinsam suchen wir nach der tieferen, biblischen Wahrheit. Letzte Autorität ist dabei die Heilige Schrift, deren Wahrheit wir uns alle unterstellen.

Auf der Mennonitischen Weltkonferenz in Curitiba 1972 traf ich mich mit einem der führenden Prediger der Konferenz der Mennoniten Gemeinden Südamerikas. Er machte mir sehr schnell deutlich wie falsch ich mit meinen täuferischen Überzeugungen lag: Du kommst für die nächsten Jahre in den Chaco. Wir werden dir Gelegenheit zum Sprechen geben; ein Versprechen, dass niemals eingehalten wurde. Und wir werden bestimmen, ob du für uns brauchbar bist. Was du glaubst, oder nicht glaubst, ist vollständig irrelevant, denn wir bestimmen was geglaubt, oder nicht geglaubt wird. Mit anderen Worten, wenn du nicht so tanzen willst, wie wir pfeifen, brauchst du überhaupt nicht erst zurück zu kommen. Zudem sind wir überzeugt, dass du im liberalen Amsterdam liberal geworden bist, und der Theologische Liberalismus ist gefährlicher als ein Irrlehrer. An eine Lehrerstelle an unserem Seminar in Montevideo brauchst du überhaupt nicht zu denken. Und wenn du glaubst, deinen Liberalismus verstecken zu können, dann wirst du dich schon verraten. Nicht nur deinen Handel und Wandel, selbst deine Gefühle und Gedanken werden wir prüfen. Der Großinquisitor hätte nicht deutlicher sprechen können.

Nicht alle Leiter der Südamerikanischen Konferenz, von der meine Arbeit am Seminar abhängig war, dachten so extrem. Allgemein blieb dies aber die Grundhaltung mir gegenüber bis wir Südamerika endgültig verließen. Ein offenes Gespräch über meinen Glauben, wo ich den Verdacht des Liberalismus sehr schnell aus der Welt hätte schaffen können, wurde niemals geführt, trotzdem ich wiederholt darum bat. Der große Bruder wollte den Knüppel hinter seinem Rücken einfach nicht ablegen.

Auch Käthes Großvater, der selber Lehrer und Prediger gewesen war, schaute mir eines Tages direkt in die Augen und meinte dann: Du wirst dich fügen müssen. Meine Antwort war, dass ich mich allem fügen wolle, was biblisch sei. Menschlichen Ordnungen aber, die nicht im Einklang mit der Heiligen Schrift standen, könne ich mich aber nicht fügen.

Als ich 2006 die Stelle eines Predigers in der Mennoniten Brüdergemeinde in Hays in Alberta annahm, wurde ich genauso wie alle Kandidaten auch auf meinen Glauben von der Kommission für Glauben und Leben geprüft. Nach dem ich erst eine lange Liste von Fragen über meinen Glauben schriftlich beantwortet hatte, wurde ich von der Kommission für ein offenes Gespräch vorgeladen. Dieses Gespräch ist eine meiner besten Erfahrungen in meinem christlichen Leben. Es war offen, brüderlich und auch prüfend. Wir unterhielten uns stundenlang über meinen Glauben und mein Leben als Christ und Gemeindeleiter in der Nachfolge Jesu Christi. Nachdem diese Prüfung meines Glaubens vorüber war, wurde ich als Prediger der Mennoniten Brüdergemeinden in Alberta und damit auch in ganz Canada zugelassen und ordiniert. Die Frage nach Jona im Fischbauch kam dabei nicht vor. Auch von meinem, vom großen Bruder erdichteten, Liberalismus wurde keine Spur gefunden. - Warum durfte ich dieses Gespräch in 1973 nicht mit den Leitern der Südamerikanischen Konferenz führen? Großes Unrecht und viel Leid wäre mir und meiner Familie damit erspart geblieben!

Da mein Studium in Amsterdam von den Leitern der Allgemeinen- und auch von der Mennonitischen Konferenz in Nord Amerika, die immer noch Hauptträger des Seminars in Montevideo waren, moralisch unterstützt wurde, fuhr ich nach Montevideo, um mich dort bei der Seminarleitung vorzustellen. Ich wurde sehr gut aufgenommen, aber anstellen könne man mich aus verschiedenen Gründen nicht mehr. Seitdem Miguel Brunn, der im Seminar unterrichtete, auch den revolutionären Tupamaros das Evangelium gepredigt hatte, gab es Hausdurchsuchungen auf dem ganzen Seminargelände und in den Wohnungen der Dozenten. Die Studentenzahl gehe mit aus diesem Grunde beständig zurück. Die Trägerschaft des Seminars solle der Südamerikanischen Konferenz der Mennoniten übergeben werden, und dieses würde sehr wahrscheinlich nach Paraguay verlegt werden. Von den jetzigen Dozenten rechnete niemand damit im neuen Seminar in Paraguay angestellt zu werden. Der Traum, uns in Montevideo sesshaft zu machen, und im Seminar zu arbeiten, war damit geplatzt. Als ich mit einem Freund in die Stadt fuhr, merkte ich, dass das ganze Seminargelände von Geheimagenten der neuen Militärjunta überwacht wurde. – Ich fuhr dann noch weiter nach Buenos Aires zum ISEDET, der besten evangelischen Theologischen Fakultät in Latein Amerika. Ich wurde zwar freundlich aufgenommen. Auch an der Täufer Theologie war man interessiert. Aber ohne Rückhalt von den Südamerikanischen Mennoniten und voller finanzieller Unterstützung, könne man weiter nichts für mich tun.

Als ich dem Leiter meiner Heimatgemeinde später begegnete, fragte er mich spöttisch: Na, warst du in Montevideo? Mit andern Worten, der Weg zum Seminar geht in Zukunft über die Südamerikanische Konferenz. Und dieser Weg ist für dich geschlossen. Du hättest erst gar nicht nach Montevideo zu fahren brauchen.

Ich arbeitete also wieder in der Schule in Loma Plata, die inzwischen zu einer voll anerkannten Secundaria geworden war. Religion, selbst Mennonitengeschichte, durfte ich aber nicht unterrichten. Die großen Brüder mit dem Knüppel hinterm Rücken hatten mich in Menno in der Schule, in der Gemeinde und in der Verwaltung des Liberalismus beschuldigt und damit jegliche Arbeit auf religiösem Gebiet unmöglich gemacht. Wenn mein Liberalismus in Curitiba nur eine angenommene Möglichkeit war, dann war er jetzt zu einer gegebenen Tatsache geworden. Es genügte, dass die großen Brüder den Verdacht ausgesprochen hatten. Zu beweisen brauchten sie ihn schon nicht.

Wenn ein Gemeindeglied so schwer der Irrlehre beschuldigt wird, dann müsste die Gemeindeleitung diese Beschuldigungen doch mindestens prüfen. Zudem hatte ich immer wieder meine Bereitschaft zu einem offenen Gespräch über meinen Glauben erklärt. Weiter sei ich jederzeit bereit, mich auf biblischem Grunde korrigieren zu lassen. Aber nichts geschah. Allerdings wurde mir in Menno die verfängliche (fundamentalistische) Frage gestellt, ob ich an Jona im Fischbauch glaube. Meine Antwort war, dass Gott in seiner Allmacht auch Jona im Fischbauch überleben lassen konnte. Dass dies aber keine biblische Frage nach meinem Glauben sei, denn diese lautet immer: Glaubst du an Jesus Christus als den gekreuzigten und auferstandenen Herrn Himmels und der Erde? Biblisch hängt unser Heil nicht von Jona im Fischbauch, sondern allein von unserem Glauben an Jesus Christus ab. Auf die biblische Frage nach meinem Glauben an Jesus Christus, könne ich aber ohne Zögern mit einem aufrichtigen Ja antworten. Das war aber nicht gut genug. Als der Leiter des Seminars in Asuncion mir später so nebenbei dieselbe Frage stellte, gab ich ihm die gleiche Antwort. Diese Frage zeigte mir aber auch, wie wenig selbst die CEMTA Leitung bereit war, die ungerechte Beschuldigung meines vermeintlichen Liberalismus aus der Welt zu schaffen.

Von ausländischen Lehrern, die an den Schulen in Filadelfia arbeiteten, wurde mir dann mitgeteilt, dass die Leiter meiner Heimatgemeinde, die auch die neue Seminarbehörde kontrollierten, keine Absicht hätten, mich jemals am Seminar anzustellen.

ZURÜCK ZUR PREDIGERWAHL 1974

Als mein Name als vierter Kandidat auf der Predigerwahl 1974 in Loma Plata aufgerufen wurde, wurde es im großen Saal der Kirche absolut still. Niemand und nichts bewegte sich. Helmut Isaak, der so viele Neuerungen in der Vereinsschule gegen den Willen des Lehrdienstes und der Mehrheit der Menno's eingeführt hatte; der mit seinen Mitarbeitern die Jugendarbeit vorangetrieben hatte ohne den Segen der Gemeinde; der gegen den entschiedenen Wunsch des Lehrdienstes das Theaterstück: *Dee Fria* eingeübt und aufgeführt hatte; der es gewagt hatte auf der Sitzung des Lehrdienstes gegen die Predigerwahl durch das Los zu protestieren; dieser Helmut Isaak sollte jetzt durch das Los als Prediger gewählt werden.

Als ich nach vorne kam, bat ich den jungen Ältesten um die Erlaubnis zur Bruderschaft sprechen zu dürfen. Obzwar diese Bitte ungewöhnlich war, gewährte er sie mir. Zur Gemeinde gewandt erklärte ich nun, dass ich das Los aus biblischen Gründen nicht annehmen könnte. Meine Entscheidung Gott mit allen meinen Gaben zu dienen, wo immer er mich rufen würde, hatte ich unter der Leitung des Heiligen Geistes schon vor der Taufe getroffen. Wenn die Gemeinde mich zum Prediger berufen wolle, solle sie meine Gaben nach den Anweisungen von Paulus in 1.Kor.12 und 1.Tim. 3, für diese Arbeit prüfen. Sollte die Gemeinde die Gaben zum Prediger in mir finden, dann könne sie dies durch Handauflegen bestätigen, wenn nicht, dann würde ich genau so gerne weiter als Lehrer arbeiten. Das Los könne zu dieser Entscheidung weder etwas dazu tun noch etwas davon abtun.

Nach dieser Erklärung gab der Älteste der Bruderschaft das Wort. Oder richtiger die Worte, denn diese kamen jetzt von allen Seiten: "Helmut Isaak sei schon immer ungehorsam gewesen. Er mache Sachen, die schon immer gegen den Willen des Lehrdienstes gewesen seien. Jetzt wolle er auch noch die Leitung der Gemeinde übernehmen. Er sei von Fernheim gekommen, und solle sehen, dass er so schnell wie möglich wieder nach Hause komme. Wenn er seine Haltung auch mit schönen Bibelsprüchen rechtfertigen könne, so trete der Teufel bekanntlich auch immer als Engel des Lichtes auf. Man wisse ja schon längst, dass er ein Irrlehrer sei. Man war genügend von den Leitern meiner Heimatgemeinde gewarnt worden. Dagegen gab es dann viele positive Stimmen. "Wenn Helmut Isaak bereit ist sich der Prüfung der Gemeinde zu unterstellen, dann solle man das doch machen. Zudem sei dies der angewiesene Weg des Neuen Testamentes. Wenn der Kandidat aber einmal durch das Los bestätigt sei, habe die Gemeinde nichts mehr zu sagen. Endlich haben wir einen theologisch gut gebildeten Kandidaten, was wir von keinem unsere Prediger sagen können. Wenn man einen geplatzten Blinddarm hat, dann geht niemand zum ungebildeten Quacksalber, sondern zu einem entsprechend ausgebildeten Arzt. Für unsere vielen geistlich geplatzten Blinddärme brauchen wir schon lange die Hilfe eines gebildeten Theologen".- Nachdem ich nach etwa zwei Stunden immer noch nicht bereit war, mich dem Los zu unterwerfen, wurde der fünfte Kandidat aufgerufen, und die Wahl wurde zu Ende geführt. Da ein großer Teil der Gemeinde aber unzufrieden mit dieser Entscheidung war, durfte ich auf einer weiteren Bruderschaft die Gründe für meine Haltung weiter erklären. Als Prediger auf Probe wurde ich aber auch auf dieser Bruderschaft nicht zugelassen.

In den nächsten Wochen wurde ich wie ein Aussätziger gemieden. Dann aber kam eine Delegation der Unzufrieden zu mir und bat mich, die Leitung einer neuen Gemeinde zu übernehmen, die man Gründen würde. Man sei schon lange mit dem sehr konservativen Lehrdienst unzufrieden. Es sei an der Zeit eine neue und progressive Gemeinde zu Gründen. Ich lehnte ab. Eine Spaltung der Mennoniten Gemeinde Menno's war das Schlimmste, was jetzt geschehen konnte. Die Verweigerung des Loses war ein Zeugnis meines Glaubens. Wenn es echt war, dann würde es seine Wirkung schon nicht verfehlen. Das konnte aber nicht ich bestimmen, das lag allein in der Macht des Heiligen Geistes, der die Herzen der Menschen verändern kann. – Einige Jahre später, als ich schon nicht mehr in Menno arbeitete, wurde das Los zur entscheidenden Wahl der Prediger abgeschafft.

Das Los bei der Predigerwahl war in Menno langsam zu einem Sakrament geworden. Wenn die Predigerkandidaten im ersten Wahlgang auch von der Bruderschaft vorgeschlagen wurden, so lag die letzte Entscheidung durch das Los doch allen in der Macht des Heiligen Geistes. Wer so direkt durch den Heiligen Geist zum Prediger bestimmt worden war, bekam einen höheren Status und er war der Gemeinde nicht mehr direkt verantwortlich. Man kann die Auswirkung der Bestimmung zum Prediger durch das Los nur mit der Ordination des Priesters in der Katholischen Kirche vergleichen, also einem Sakrament. Mit meiner Weigerung mich der Wahl durch das Los, das ist also durch den Heiligen Geist, zu unterstellen, war ich im Verständnis der Menno's nicht nur der Gemeinde, sondern auch Gott ungehorsam.

Dann kam das zweite Unwetter von einer unerwarteten Seite, und zwar von der Schulbehörde. Da ich mit der Schulbehörde immer gut zusammen gearbeitet hatte, war ich vollständig ahnungslos. Als diese mich vorlud, um meine weitere Arbeit in der Schule zu besprechen, schlug der Blitz ein. Man warf mir vor, dass ich mich in Koloniepolitik einmische, wozu ich als Bürger Mennos eigentlich voll berechtigt war; und dass ich sogar geheime Absichten habe, die Leitung der Kolonie zu übernehmen. Aus diesen Gründen nehme man mir mein Stimmrecht und das Recht öffentlich in Menno zu sprechen. Als Lehrer wolle man mich jedoch weiter an der Schule behalten. Den Verdacht, Oberschulze der Menno's werden zu wollen, konnte ich ruhig von der Hand weisen, da ich keinerlei Interesse an Verwaltungsarbeit habe. Das Recht zur öffentlichen Rede lasse ich mir aber als Menno Bürger und als vollwertiges Gemeindeglied nicht nehmen. Da die Schulbehörde aber weiter darauf bestehen blieb, war ich gezwungen, meine Arbeit für 1975 zu kündigen und war damit zunächst arbeitslos. Was der Lehrdienst nicht wagte, das ist, mich auszuschließen, das machte die Schulbehörde jetzt für ihn. Auf Grund von ungerechten Verleumdungen wurde ich gezwungen die Kolonie zu verlassen. Der Knüppel der großen Brüder in Fernheim hatte erbarmungslos zugeschlagen und meine Zukunft und das Wohlsein meiner Familie rücksichtslos vernichtet.

Das Seminar in Montevideo wurde 1974 geschlossen. Es sollte 1976 seine Türen in Asuncion als CEMTA wieder öffnen. Als Übergang schlug Montevideo vor, dass zwei Dozenten 1975 durch die Mennoniten Gemeinden Paraguays, Brasiliens und Uruguays reisen sollten, um Seminarkurse für Erwachsene in den Gemeinden zu bringen. Für diese Arbeit wurden Henry Dueck und ich angewiesen. Um das Reisen einfacher zu machen, entschlossen wir uns nach Asuncion umzuziehen. Zudem versicherte man mir, dass CEMTA mich auch weiter ab 1976 anzustellen gedenke. Auf Grund dieses Versprechens waren wir bereit, unsere Kinder wieder aus der Schule in Loma Plata zu nehmen, um sie in eine neue, spanische Umwelt zu verpflanzen. Wie sich dann sehr bald herausstellte, wurde es mit CEMTA nichts, und ich war für 1976 wieder arbeitslos. Da meldete sich der Schulrat von Menno und bat mich, doch wieder zurück als Lehrer an die Secundaria in Loma Plata zu kommen. Da wir keine bessere Alternative hatten, willigten wir schließlich ein. Das Redeverbot und der Entzug meiner politischen Rechte als Menno Bürger wurde nicht mehr erwähnt. Die Religionsfächer an der Schule durfte ich aber auch jetzt nicht unterrichten.

Wieder zurück in Loma Plata ging ich wieder meiner Arbeit in der Schule nach. Dazu aber machten wir Pläne für die Zukunft. Wir nahmen wieder Beziehungen auf mit Prof. Horst und der Theologischen Fakultät von Amsterdam. Wir würden wieder nach den Niederlanden umziehen, um niemals mehr nach Südamerika zurück zu kehren. Ich würde ein Projekt für meine Dissertation entwickeln, und dieses dem Erziehungsministerium der Niederlande vorlegen. Würde es angenommen werden, dann war damit ein großzügiges Stipendium verbunden, welches alle unsere finanziellen Sorgen für eine Periode von drei Jahren lösen würde. Ich würde promovieren und möglicherweise der Nachfolger von Prof. Horst, wie er selber es mir vorschlug, an der Fakultät in Amsterdam werden. Unsere Kinder würden wieder in die ausgezeichneten Schulen der Niederlande eintreten, und eine gute Ausbildung bekommen. Die Holländischen Mennoniten waren wieder bereit die finanziellen Kosten für die Übergangsperiode zu tragen. 1977 zogen wir wieder nach Holland. Eine schöne Reihenhauswohnung in Schoorl in Nordholland war für uns freigestellt. Die Kinder gingen in die Schule und Kaethe war wieder vollzeitig Hausmütterchen.

VON AMSTERDAM ZURÜCK NACH CEMTA

FORSCHUNGSARBEIT

Nachdem wir uns in Schoorl eingerichtet hatten, begann ich mit meiner Forschungsarbeit. Durch mein Studium der Relgionsoziologie, der Theologie der Revolution und schließlich der Befreiungstheologie, war es mir deutlich geworden, das jede religiöse Bewegung immer in einem bestimmten politischen, sozialen und historischen Kontext geschieht. Meine Frage wurde daher immer mehr: was waren die historischen, wirtschaftlichen und politischen Umstände der ersten Jahrzehnte des sechszehnten Jahrhunderts, die die Entstehung des Wiedertäufer Reiches in Münster mit bestimmten? Und wieweit wurde Menno Simons theologisches Denken davon beeinflusst?

Die folgenden Monate verbrachte ich in den Archiven von Leiden, Den Haag, Amsterdam und selbst Münster. Ich arbeitet hunderte von den Protokollen der Sitzungen des Stadtrates von Leiden durch. Für die Untersuchung der Beschlüsse der Regierung musste ich ins Staatsarchiv in Den Haag. Dazu musste ich die Quellentexte zur Geschichte der Entstehung und Zerstörung des Wiedertäufer Reiches in Münster durcharbeiten. Als ich dann Mennos Frühschriften in diesem historischen Kontext las, konnte ich ein neues Verständnis von Mennos früher Theologie entwickeln.

STIPENDIUM

Gleichzeitig arbeitete ich mit Beratung von Prof. Horst fieberhaft an dem Vorschlag für meine Dissertation. Es galt ein Forschungsprojekt vorzulegen, dass vom Ministerium für Erziehung angenommen werden würde, um es dann finanziell für die nächsten drei Jahre zu unterstützen. Aber unser Antrag wurde abgelehnt. Was 1972 noch möglich gewesen wäre, ging 1978 nicht mehr. Die goldenen Jahre der Holländischen Wirtschaft waren vorüber. Überall an den Universitäten wurden Programme einfach geschnitten, da sie nicht mehr finanziert werden konnten.

PROPONENTSEXAMEN

Ich musste aber eine Arbeit finden, um finanziell unabhängig zu werden. Die einfachste Antwort war, dass ich Pastor an einer der Doopsgezinden Gemeinden wurde. Dafür brauchte ich nur noch das Proponentsexamen am Seminar abzulegen, um als Prediger in eine Gemeinde berufen werden zu können. Die große Haarlemmer Gemeinde hatte eine Stelle frei, um die ich mich bewerben könnte. Also wurden die notwendigen nächsten Schritte geplant. Wir würden als Familie dann wohl nach Haarlem umziehen müssen. Wir könnten uns hier dann aber definitiv niederlassen, und würden ein sicheres finanzielles Auskommen haben. Schließlich hatten wir Südamerika mit dieser Absicht verlassen. Zudem würde ich als Prediger genügend freie Zeit haben, um über die Jahre doch noch meine Dissertation zu schreiben.

Dann würde mir von Ds. Meihuisen ein anderes Angebot gemacht. Die Opera Omnia von Menno Simons sollte in einer neuen kritischen Ausgabe herausgegeben werden. Die Bearbeitung der Texte und ihre Vorbereitung für den Druck wurden mir jetzt angeboten. Diese Arbeit hätte Jahre in Anspruch genommen.

ABER!

Aber dann kam das große *Aber*. Während all diese Pläne liefen, kam ein Brief von CEMTA in Paraguay. Die Fächer Mennonitengeschichte und Täufer Theologie seien frei und man bat mich den Unterricht dieser und anderer Fächer in CEMTA zu übernehmen. Was sollten wir jetzt tun? Ich hätte den Brief einfach verschweigen können und Prediger in Haarlem werden können. Oder ich konnte an der Herausgabe von Mennos Werke arbeiten. Die Möglichkeiten in den Niederlanden boten uns finanzielle Sicherheit, eine ausgezeichnete Krankenversicherung, gute Schulen für unsere Kinder und eine gute Pension für das Alter. CEMTA hatte nichts von all diesem zu bieten. Die Beschuldigung von meinem angenommenen Liberalismus bestand weiter. Die Schulen für unsere Kinder hielten keinen Vergleich mit denen in Holland aus. Unser Gehalt würde so niedrig sein, dass wir kaum davon würden leben können. Eine Krankenversicherung für unsere Familie gab es nicht. Und an eine Pension fürs Alter hatte noch niemand gedacht.

Aber wir hatten eine riesige moralische Verpflichtung den holländischen Doopsgezinden gegenüber. Trotzdem diese niemals auch nur darauf hingedeutet hatten, war diese Verpflichtung eben doch immer da. Über vier Jahre hatten wir die finanzielle Unterstützung der Doopsgezinden angenommen und ohne Sorgen studieren können, immer mit der Absicht eines Tages in Südamerika zu arbeiten. Und jetzt bot sich wieder die Gelegenheit zurück nach CEMTA zu gehen!

Wir hatten aber auch Kinder. Und diese hatten jetzt auch etwas zu sagen, denn es ging ja auch um ihre Zukunft. Wir machten wieder Familienberatungen. Da Gisela gute Erinnerungen an Loma Plata hatte, wäre für sie eine Rückkehr nach Paraguay möglich. Veronica sagte kategorisch Nein! Hans Norbert hatte keine guten Erinnerungen an Paraguay, während Schoorl für ihn wie ein Paradies war. Kaethe hatte ihre Familie in Paraguay, während sie in Europa keine Verwandten hatte. Nach vielem hin und her wurden wir uns als Familie dann doch einig, es noch einmal mit Paraguay zu versuchen. Dass es wohl nicht für immer sein würde, war uns allen bewusst.

FINANZIELLE SCHWIERIGKEITEN

CEMTA hatte an der Teniente Ruiz eine gute Wohnung für uns reserviert. Allerdings meinte der Direktor CEMTAS, dass diese wohl zu teuer für uns sein würde, aber wir durften einziehen. Unsere Kinder schickten wir in die Mennonitische Privatschule Concordia. Zudem wurde sehr schnell deutlich, dass wir ohne Wagen nicht auskommen würden. Als wir die Kosten für Miete, Schule und Wagen zusammen zählten, blieb von unserem Gehalt nichts mehr übrig. Als ich mit dem Leiter der Seminarbehörde über unser Dilemma sprach, meinte er, der liebe Gott werde schon für uns sorgen. Mein Direktor am Seminar zuckte nur ungerührt mit den Schultern, was soviel bedeutete, dass wir damit selber fertig werden müssten.

Für meine Arbeit auf Campo Aceval bot Holland mir einen neuen Volvo an, da damit viele Fahrten verbunden waren. Wir einigten uns schließlich auf eine bestimmte finanzielle Unterstützung, die in drei Jahren ablaufen würde. Gerade als wir mit unseren Ersparnissen am Ende waren, kamen die ersten Beiträge. Der liebe Gott hatte tatsächlich geholfen. Aber ein lieber Bruder in Deutschland hatte scheinbar gehört, dass diese Beiträge nicht für meine Familie bestimmt seien, sondern für CEMTA. Jetzt wurde ich beschuldigt, Gelder für den persönlichen Gebrauch zu unterschlagen, die für das Seminar bestimmt waren. Zusätzlich zum Irrlehrer wurde ich damit auch noch zum Dieb. Als mein Direktor mich dann eines Tages zur Rede stellte, erklärte ich ihm den Sachverhalt, und er musste sich damit zufrieden geben. Aber die Beschuldigung war schon bekannt geworden, und würde immer an mir haften bleiben. Der liebe Gott hatte wirklich geholfen, aber nicht so, wie die lieben Brüder es gewollt hatten.

MENNONITENGEMEINDE ASUNCION

In Asuncion angekommen schlossen wir uns gleich der Mennoniten Gemeinde an. Als wir dann an der ersten Gemeindestunde teilnahmen, merkten wir, dass diese in zwei Gruppen gespalten war. Die eine unterstützte immer noch den vorherigen Prediger, der leider jetzt auch mein Direktor am Seminar war. Die andere Gruppe war überzeugt, dass er Gelder, die für die Mission und für CEMTA bestimmt waren, systematisch für den eigenen Gebrauch unterschlage. Diese Gruppe hatte ihn schließlich zum Rücktritt gezwungen. Da er sich kategorisch wehrte seine Bücher zu ihrer Prüfung zu öffnen, wie es doch für jede öffentliche Kasse unbedingt notwendig ist, konnte niemand seine Schuld, oder seine Unschuld beweisen. Die Gemeinde war inzwischen so zerstritten, dass niemand mehr wagte das heikle Thema auch nur anzurühren. Als dies für uns deutlich wurde, meinte ich, dass die Gemeinde gerade der angewiesene Ort sei, um über alles zu sprechen. Und dass jedes Problem seine Lösung habe, wenn alle Parteien bereit waren, aufrichtig danach zu suchen.

Ich hatte kaum ausgesprochen, als ich zum Leiter einer Kommission vorgeschlagen wurde, die dieses Problem endlich lösen sollte. Also machten wir uns als Kommission an die Arbeit. Zuerst luden wir alle Gemeindeglieder ein, sich frei vor der Kommission zu dem Problem auszusprechen. Alles was sie zu sagen hatten, würde als vertraulich behandelt werden. Als sie zu den ersten Sitzungen kamen, brachte jeder ein Tonbandgerät mit. Sie müssten jedes Wort aufnehmen, da die Gegenpartei alles verdrehe, so man schließlich selber nicht mehr wisse, was man wirklich gesagt habe. Also liefen die Geräte während der ersten Gesprächsrunde. Da wir deutlich machten, dass wir die Aussage eines jeden ernst nahmen und schon gar nicht in Frage stellten, blieben die Geräte für die nächsten Besprechungen zu Hause. Man wusste wieder, dass man nicht nur frei sprechen konnte, sondern dass man auch gehört wurde. Die Grundstruktur der täuferischen Gemeinde, das offene Gespräch, war wieder hergestellt. Jetzt konnten wir gemeinsam nach Lösungen für das Hauptproblem suchen. Allen war klar, dass der frühere Prediger der Gemeinde seine Rechnungsbücher zur Prüfung übergeben müsse, um seine Unschuld zu erweisen. Als wir mit diesem Beschluss der Gemeinde an ihn herantraten, weigerte er sich erst kategorisch, dann wurde er aggressiv und schließlich griff er mich persönlich an. Ich mische mich in Dinge ein, die mich nichts angingen. Dass die Gemeinde mich gewählt hatte, und dass wir als Vertreter der Gemeinde zu ihm gekommen waren spielte alles keine Rolle. In seinem Selbstverständnis war er längst über die Autorität seiner früheren Gemeinde hinausgewachsen. Selbst die Seminarbehörde ignorierte das disziplinarische Verfahren seiner Heimatgemeinde gegen ihn. Auf dem Wege nach Hause fragte mein Freund mich, wie ich so ruhig hätte bleiben können. Meine Antwort war: Ich wusste schon vorher, wo der Blitz einschlagen würde.

Als wir der Gemeinde dann über unsere Gespräche mit dem früheren Prediger berichteten, waren einige Mitglieder nicht damit zufrieden. Als Gemeinde war man allgemein aber über das Problem des früheren Predigers hinausgewachsen. Die Glieder der Gemeinde konnten wieder offen miteinander sprechen. Man war wieder Gemeinde Jesu Christi und konnte sich wieder seiner Mission als solcher zuwenden. Für meinen Beitrag aber wählte die Gemeinde mich zum Prediger. Das Verhältnis zu meinem Direktor an CEMTA wurde dadurch aber noch schwieriger. Ich wusste nicht nur um seine Probleme, als Prediger konnte ich ihn auch wieder zur Verantwortung ziehen. Unter diesen Umständen war an eine fruchtbare Zusammenarbeit dann auch nicht zu denken.

Inzwischen hatte Menno hunderte von Studenten an den Hochschulen und Universitäten in Asuncion. Diese arbeiteten Tags und gingen abends zu den Vorlesungen. Sonntag war ihr einziger freier Tag in der Woche, wo sie studieren und ihre schriftlichen Arbeiten machen konnten. Für den Gottesdienst blieb da keine Zeit. Sie wollten aber gerne an einer Bibelstunde mitmachen. Die einzige Zeit dafür, die allen passte, war sonntagmorgens um sieben Uhr. Also versammelten wir uns am frühen Sonntagmorgen im großen Warenlager der Menno Kooperative, lasen zusammen die Bibel und tranken Mate dazu. Auch die geistliche Betreuung dieser jungen Menschen wurde mir anvertraut.

ARBEITS- UND VERDIENSTSTELLE

Wie in allen Entwicklungsländern war die Korruption auch in Paraguay sehr schlimm. Selbst unsere Mennonitischen Unternehmer und Geschäftsleute behaupteten, dass man nach den Paraguayischen Gesetzen, die den Handel und die Industrie bestimmen, nicht bestehen könne. Mit andern Worten, ohne doppelte Buchführung, ohne Bestechung und ohne Schmuggel könne niemand in Paraguay ein erfolgreiches Unternehmen aufbauen.

Als wir mit unserem Studium in Amsterdam fertig waren, und uns auf die Heimreise vorbereiteten, kam Dr. Heinold Fast zu mir mit Dokumenten, die bewiesen, dass der Vertreter der Mennonitischen Kolonien versucht hatte, in Bonn hohe Beamte der deutschen Regierung zu bestechen, um einen günstigen Kredit für die Mennoniten Kolonien durchzusetzen. Was in Paraguay und in allen Lateinamerikanischen Ländern selbstverständlich war, ging so in Deutschland nicht. Ich habe diese Papiere später verbrannt, da ich keinerlei Möglichkeiten hatte, gegen einen der angesehensten Beamten der Mennonitischen Kolonien Paraguays vorzugehen. Dieser hatte einfach übersehen, dass er in Deutschland, und nicht in Südamerika war, wo Bestechung normal war.

Gehälter waren in diesen Jahren allgemein sehr niedrig. Selbst Professoren an der Universität verdienten mit ihrem Unterricht nicht genug, um damit die Miete ihrer Häuser zu bezahlen. Man brauchte also unbedingt zu seinem sehr niedrigen Gehalt, womit man seine Familie nicht ernähren konnte, noch eine, oder noch besser mehrere zusätzliche Geldstellen.

Als wir etwa ein Jahr in Asuncion gelebt hatten, kamen Glieder der Gemeinde zu mir, und meinten, dass es jetzt an der Zeit sei, sich nach so einer Geldstelle für mich umzusehen. Da ich davon aber absolut nichts wissen wollte, wurde dieses Thema nicht mehr angeschnitten. – Dass unser Direktor neben seinem bescheidenen Gehalt bedeutende Nebeneinkommen hatte, war allen Mennoniten Asuncions klar. Worin diese aber bestanden, und von wo sie kamen, ging niemand etwas an. – So ist es auch verständlicher, dass die Seminarbehörde das disziplinarische Verfahren der Asuncioner Mennoniten Gemeinde gegen ihren früheren Pastor und jetzigem Direktor von CEMTA einfach ignorierte, da es sich hier um seine Privatgeschäfte handelte. Dass er sich aber auch weigerte, die Kassen für die Mission und für CEMTA, die er alle verwaltete, prüfen zu lassen, kann auf keinerlei Weise gerechtfertigt werden.

Als Präsident Frutos (2003-2008) dann junge Mennonitische Geschäftsleute in sein Kabinett berief, versuchten diese radikal Schluss mit doppelter Buchführung, Bestechung und anderen Formen der Korruption zu machen. Ernst Bergen, der Finanzminister unter Frutos war, erklärt in seiner Biographie, dass die neue Generation von Mennonitischen Unternehmern heute strickt nach den paraguayischen Gesetzen arbeitet und durchaus erfolgreich dabei sein kann.

CEMTA 1979-1980

Die Arbeit mit den Studenten machte mir wieder viel Freude. Ich konnte mir keine bessere wünschen. Die Spannung mit meinem Direktor nahm aber ständig zu. Seiner selbstherrlichen autoritären Leitung CEMTAS konnte sich das Lehrerkollegium nur schwer fügen. Wir waren doch eine Täuferische Institution. Als Glieder am Leibe Christi waren wir doch alle Schwestern und Brüder untereinander. Ich hatte auf offene Gespräche gehofft. Wir hatten doch alle etwas zum Wohle der Institution beizutragen, besonders weil wir alle besser gebildet und weit mehr Erfahrung im Unterricht hatten, als unser Direktor. Unsere Einsichten und unsere Überzeugungen waren aber nicht gefragt. Im Gegenteil, jede Frage, die auch als kritisch verstanden werden konnte, wurde schon als Auflehnung gegen seine Autorität verstanden und entsprechend geahndet. Wir waren nur Angestellte, die schweigend ihre Pflicht zu erfüllen hatten.

Schließlich konnte ein jüngerer Kollege es nicht mehr aushalten. Als er um ein Gespräch bat, durfte er ins Büro des Direktors kommen. Sobald er im Zimmer war, wurde die Tür hinter ihm verschlossen. Als das Gespräch dann immer lauter wurde, und der junge Dozent sich nicht den Mund verbieten ließ, griff der Direktor zu physischer Gewalt, um ihn endlich zum Schweigen zu bringen. Als es dann vorüber war, bestand der Direktor auf Schweigepflicht. Nichts von dem Vorfall dürfe bekannt werden.

Mein junger Kollege wurde alleine mit der Sache aber einfach nicht fertig und erzählte einem älteren Kollegen die ganze Geschichte. Da ich der einzige Vertreter der Südamerikanischen Konferenz im Lehrerkollegium war, wurde mir die Sache zugespielt. Ich musste mit der Seminarbehörde sprechen und ihr das Geschehene mitteilen. Und nicht nur das, ich musste auch über die allgemeine Unzufriedenheit des Lehrerkollegiums mit der Leitung CEMTAS berichten. Da diese gerade ihre Jahressitzungen auf dem Campus hatte, meldete ich mich zum Gespräch. Als ich dann vorgelassen wurde, berichtete ich so objektiv wie möglich über den Vorfall, und über die allgemeine Stimmung des Lehrerkollegiums. Als ich fertig war, kündigte ich meine Arbeit für das nächste Jahr, denn unter den gegebenen Umständen könne ich nicht weiter an CEMTA arbeiten. Ein Mitglied der Behörde meinte ebenfalls, es wäre an der Zeit für mich, um CEMTA zu verlassen. Wieder einmal wurde nicht der Täter, sondern der Bote bestraft.

CANADA 1981-2006

AUSWANDERUNG NACH CANADA

1979 kamen Gary und Lydia Harder nach Asuncion, um an CEMTA zu unterrichten. Sie hatten gerade ein Sabbatjahr, und waren bereit an CEMTA, das großen Lehrermangel hatte, zu arbeiten. Da sie beide fließend Deutsch sprachen, hatten sie keine sprachlichen Schwierigkeiten. Beide waren sehr gebildete (Gary hatte einen Doctor in Ministry und Lydia arbeite an einem PhD in Theology) und erfahrene Prediger von Edmonton und entwickelten schnell ein gutes Verhältnis zu den Studenten. Wir freundeten uns an, und unsere Familien verbrachten einen guten Teil ihrer freien Zeit miteinander. Mit Gary und Lydia konnte ich auch die Probleme unseres Direktors besprechen. Durch eigene Gespräche und Erfahrungen lernten die Harders sehr bald, dass es unter den gegebenen Umständen für uns keine Zukunft an CEMTA gebe. Als sie dann wieder zurück nach Canada gingen, bat ich sie, sich doch nach einer Predigerstelle für mich in Canada umzusehen.

Vorläufig hörten wir nichts. Dann kam gerade vor Weihnachten 1979 ein Anruf von einem gewissen Vic Ewert von der First Mennonite Church in Greendale, BC, mit der Frage: Ob ich Helmut Isaak sei; ob wir interessiert seien eine Predigerstelle in Canada zu übernehmen; und ob ich an der Stelle des leitenden

Predigers in Greendale interessiert sein würde? Nachdem ich alle Fragen positiv beantwortet hatte, bat er mich, doch einige Predigten auf Tonband zu sprechen und dieses dann mit der ersten Gelegenheit mit nach BC zu schicken. Das Tonband war in einer Woche unterwegs.

Dann rief Vic Ewert nach einigen Wochen wieder an. Da ich ein europäisches Gerät gebraucht hatte, könne man mich nicht verstehen, da man nur amerikanische Geräte habe. Ob ich bereit sein würde für eine Woche nach Greendale zu kommen, um regelrecht zu kandidieren. Also flog ich im März 1980 nach BC. In der einen Woche meiner Kandidatur machte ich alles mit, was es so an Gottesdiensten, Jugendstunden, Frauenvereinen und Bibelstunden gab. Dazu wurde ich für jede Mahlzeit in eine andere Familie eingeladen. Nachdem die Woche abgelaufen war, wurde Gemeindestunde gehalten, und ich wurde beinahe einstimmig zum leitenden Prediger der Ersten Mennoniten Gemeinde von Greendale gewählt. Jetzt fehlte nur noch die Erlaubnis zur Einwanderung nach Canada und ich könnte meine neue Arbeit antreten. Die Greendaler waren optimistisch. Mit Hilfe von guten Beziehungen in Ottawa würden sie uns in einigen Monaten herüber bringen. Ich dagegen meinte, wenn wir es bis Weihnachten schaffen würden, könnten wir froh sein.

Um den Prozess zu beschleunigen fuhr ich extra nach Buenos Aires zur Kanadischen Botschaft, um die Formulare mit dem Antrag zur Einwanderung persönlich abzugeben. Als Familie waren wir diesmal alle begeistert. Alle wollten nach Canada. Wir paukten also Englisch. Als das Interview dann abgehalten wurde, konnten wir schon einige Fragen in Englisch beantworten. Dann hieß es wieder warten. Als die Erlaubnis zur Einreise nach Canada dann im halben Dezember ankam, lösten wir unseren Haushalt in zwei Wochen auf. Meine Bücher verpackten wir in Paketen von je 2.5 Kg, und schickten diese mit der einfachen Post nach Abbotsford, BC ab. Von den hunderten Paketen ging nicht ein einziges verloren. Die vielen 'Wertgegenstände' der Familie kamen in drei Tonnen und wurden per Schiff abgeschickt. Da ich beim Packen dieser Sachen nicht immer dabei sein konnte, ging manches mit, dass für Kaethe und die Kinder wertvoll war, sonst aber keinen Wert hatte. Als ich meine Anstellung bei CEMTA kündigte, war ich schon gewählter Prediger der First Mennonite Church in Greendale. Ob wir aber, und wann wir die Erlaubnis zur Einreise nach Canada bekommen würden, war vollständig offen. Auch wenn sie nicht gekommen wäre, hätte ich an meiner Kündigung bei CEMTA festgehalten.

Unseren Flug nach Canada hatten wir für den 25. Dezember gebucht. Morgens hielt ich meine letzte Predigt in der Mennoniten Gemeinde und dann ging es zum Flughafen. Unser Flug ging über New York, Seattle, Victoria und dann nach Vancouver. In Victoria wurden unsere Einwanderungsdokumente ausgefüllt, und wir bekamen unser gelben Papiere als 'landed immigrants'. Die nächsten Tage verbrachten wir mit unseren Geschwistern. Zum 1. Januar 1981 trat ich meine Arbeit in Greendale an.

GREENDALE FIRST MENNONITE CHURCH, 1981-1987

Die Greendaler hatten für uns einen schönen Bauernhof mit einem großen Garten gemietet. In den ersten Wochen gab es dann einen riesigen Schauer, wo alles zusammen kam, was wir für die ersten Monate brauchen würden. Um den riesigen 'freezer' aufzufüllen, hatte einer der Gemeindebrüder ein Schwein geschlachtet und schön verarbeitet und verpackt. Später ließ ein Milchfarmer eine junge Kuh schlachten, und wir durften uns das Fleisch vom Schlachthof abholen.

Aber ich hatte meiner Familie versprochen, dass wir in Canada unser erstes Haus bauen würden. Also gingen wir auf die Suche nach einer passenden Baustelle. Als wir diese fanden und nach dem Preis fragten, schien dieser etwas hoch zu sein. Bis wir uns einigten war der Preis jede Woche um weitere zehn Prozent gestiegen.

Die Bauindustrie hatte gerade ihren Höhepunkt erreicht und wir zahlten Höchstpreise. Unsere Freunde versicherten uns aber, dass Hauspreise in Canada noch niemals gefallen seien und es auch niemals in der Zukunft tun würden. Als wir mit dem Bau unseres Hauses fertig waren, viel sein Wert über die nächsten Jahre um mindestens zwanzig Prozent. Auch die Hypothekenzinsen waren sehr hoch: 11%. Auch diese würden sich sehr bald wieder normalisieren. Nun zunächst gingen sie nur höher und höher, bis wir 21% Zinsen zahlen mussten. Dass wir das nicht auf die Länge schaffen könnten, war selbst der Regierung von BC deutlich und sie half uns über die nächsten Runden. Aber wir hatten zum ersten Mal in unserem Leben ein brandneues, schönes und geräumiges Haus, und wir genossen es in vollen Zügen. Obzwar es zunächst ziemlich leer war, konnten wir es im Laufe der Jahre doch langsam mit den nötigen Möbeln füllen.

UND WIEDER FINANZEN

Greendale war mit seinen Milchfarmern, Hühnerzüchtern und Unternehmern eine der wohlhabendsten Gemeinden BCs. Bekanntlich wird man aber nur reich, wenn man zu sparen versteht. Und darin waren die Greendaler Meister. Dass ein Prediger im Prinzip arm sein müsse, war selbstverständlich. Und so lebten wir die ersten Jahre nach Kanadischem Standard als Paupers, das heißt unter der Armutsgrenze, und wir hätten eigentlich von der Armenfürsorge unterstützt werden müssen. Wenn ich dann auf unser sehr bescheidenes Gehalt hinwies, tröstete man mich, dass man meinem Vorgänger noch weniger gezahlt habe. Zudem seien sie auch alle arm gewesen, als sie als Flüchtlinge nach Canada kamen. Es war also wieder sehr knapp! Da Kaethe aber eine großartige Hausfrau war, alle Kleider für die Kinder selber nähte und Ausessen ein Fremdwort bei den Isaaks war, kamen wir auch mit sehr wenig fertig. Anstatt auf teure Ferienreisen zu gehen, lebten wir die ersten Sommer für einige Wochen auf einer Himbeerfarm und pflückten Beeren, um unser Einkommen aufzubessern. Dazu machte ich Nachlese auf den Haselnussfarmen in der Umgebung und konnte so genügend Nüsse für den Jahresgebrauch in unserem Haushalt sammeln. Zudem legte ich einen großen Gemüsegarten an, der uns mit allem Gemüse für den Sommer und mit genügend Kartoffeln und Zwiebeln für den Winter versorgte.

Dass ich eine bessere Erziehung als die meisten meiner Kanadischen Kollegen hatte, war für die Greendaler reiner Bonus. Zwar genossen sie meine gut vorbereiteten Predigten und Bibelstunden, und konnten sogar mit ihrem sehr gelehrten Pastor angeben. Dass höhere Bildung aber auch ein entsprechendes Gehalt beanspruchen könne, wollte einfach nicht in ihre dicken Schädel gehen.

GEMEINDEARBEIT

Die Greendaler FMC war durch schwere Zeiten gegangen. Strenge Älteste von Preußen hatten sie geleitet. Dann kamen pensionierte Prediger aus den Prärien, um im Frasertal ihren Ruhestand zu genießen und schlossen sich der Gemeinde an. Alle wollten aber immer noch predigen und die Gemeinde leiten. Das verursachte beständige Spannungen. Als man dann junge Prediger mit einer entsprechenden Ausbildung anstellte, wurden diese mit den alten Herren einfach nicht fertig und gaben nach kurzer Zeit auf.- Als ich die Leitung übernahm, waren die meisten aber schon gestorben, oder weiter nach Abbotsford gezogen.

Mit dem Lehrdienst zusammen gingen wir jetzt an die Arbeit. Wir machten Bibelstunden in den Häusern zu einem der Schwerpunkte der Gemeindearbeit. Dazu kam Jugendarbeit, die von erfahrenen Leitern freiwillig geleistet wurde. Gottesdienst wurde in Deutsch und in Englisch gehalten. Wir hatten einen großartigen Chor und auch der Gemeindegesang war ausgezeichnet. Da wir eine schöne Jugendgruppe in der Gemeinde hatten, fing ich bald mit Taufunterricht an und viele der jungen und auch älteren Menschen meldeten sich zur Taufe. Greendal feierte wieder Tauffeste und die Gemeinde wuchs wieder. Nach einigen Jahren konnte ein größeres Bauprojekt in Angriff genommen werden, das ohne Schulden zu machen abgeschlossen werden konnte.

Meine Lernkurve war wieder sehr steil. Ich machte Bibelstunden, Hochzeiten, Kinder Einsegnungen, Tauffeste, Besuche, Krankenbesuche und Begräbnisse. Dazu hielt ich jeden Sonntag mindestens eine, und mitunter auch zwei Predigten. Meinen ersten Besuch am Sterbebett der Mutter meiner Sekretärin werde ich niemals vergessen. Auf dem Wege musste ich mir wieder Gelassenheit und Weisheit von Gott erbitten. Als ich dann ans Krankenbett trat, war alles anders, als ich es erwartet hatte. Die alte Dame war froh und guten Mutes. Und sie wollte sprechen. Also wurde ich zum Zuhörer. Dann sangen wir miteinander Lieder, und zum Schluss durfte ich noch ein kurzes Gebet sprechen. Aber ich hatte eine Lektion in Sterbehilfe erhalten, wie man sie auch an den besten Theologischen Lehranstalten kaum bekommen kann. Auf dem Sterbebett geht es an erster Stelle um den Sterbenden. Nur er weiß was in seinem Körper vor sich geht und was er denkt und fühlt. Und er will sprechen. Da ist noch so vieles, was er mitzuteilen hat. Und er hat das Recht zu sprechen und gehört zu werden.

Was ich auch sehr schnell lernte war, dass alle Versprechen von einer vierzig Stunden-Woche auf dem Arbeitsvertrag des Predigers großer Unsinn sind. Es ist selbstverständlich, dass der Prediger einfach immer da ist, an guten und an schlechten Tagen. Dass er dabei meistens sechzig bis achtzig Stunden in der Woche arbeitet, gehört einfach mit zu seinem Beruf. Und es gibt bis dahin meines Wissens keine Gemeinde, die Überstunden bezahlt. Die wirkliche Entschädigung des Predigers besteht dann auch nicht in materiellen Werten, sondern in dem Lächeln des Kleinkindes während seiner Einsegnung; in der tiefen Freude junger und alter Menschen, die den Sinn und die Erfüllung ihres Lebens in der Nachfolge Jesu Christi gefunden haben; in dem kaum fühlbaren Händedruck eines Sterbenden, der gelassen und froh den ersten Schritt in die ewige Heimat machen kann. – Allerdings wird jede reife Gemeinde immer dafür sorgen, dass ihr Prediger ohne Sorge um das materielle Wohlsein seiner Familie seine verantwortliche Arbeit tun kann.

Nachdem ich einige Monate gearbeitet hatte, sollte ich auch für meinen Dienst entsprechend zum Prediger ordiniert werden. Eigentlich wollte man mich gleich zum Ältesten ordinieren. Ich erklärte jedoch, wenn Greendale, und damit die Allgemeinde Konferenz der Mennoniten Nordamerikas mir für meine Arbeit den Segen durch Handauflegung geben wollten, dann sei das gut genug für mich. Und so wurde es dann auch gemacht.

Mein Glaube wurde in Canada aber niemals in Frage gestellt. Die Empfehlungen von Prof. Dr. D. Schroeder von CMBC und Garey und Lydia Harder, die mich in Paraguay kennen gelernt hatten, genügten vollständig.

WIEDER ZURUECK ZU DEN BÜCHERN

Nach sechseinhalb Jahren sehr intensiver und auch guter Arbeit kündigte ich. Ich wollte wieder zurück in den Unterricht. Dazu brauchte ich einen PhD. Mit dem Niederländischen Drs. wissen die Amerikaner nichts anzufangen. Also musste ich versuchen meine Dissertation zu schreiben und in Amsterdam zu promovieren. Das Arbeitsamt versicherte mir, dass ich Arbeitslosenunterstützung bekommen würde, wenn ich an keiner Schule als Student registriert wäre. Da ich mit meinem Drs. keine weiteren Kurse zu machen brauchte, konnte ich jederzeit selbständig an die Arbeit gehen. Der Weg war offen.

Also verkauften wir unser Haus in Greendale und bauten mit Gisela und Erich zusammen ein neues in Abbotsford. Nachdem wir uns im neuen Haus in Abbotsford eingerichtet hatten, konnte ich mit der Arbeit an meiner Dissertation beginnen. Zuerst musste ich mich in das schon gesammelte Material von meiner Forschungsarbeit in den Archiven der Niederlande einarbeiten. Dann merkte ich, dass es keine entsprechende Bibliothek für meine Arbeit in BC gab. Die beste Bibliothek mit den entsprechenden Quellentexten befand sich am Conrad Grebel College in Waterlou, in Ontario. Also fuhr ich für sechs Wochen nach Ontario.

Mit der Opera Omnia von Menno Simons im Koffer, kam ich in Waterlou an. Conrad Grebel College gewährte mir alle möglichen Vorrechte. Weil Frank Epp gerade ein Sabbatjahr hatte, durfte ich in seinem Buero arbeiten. Da die Lektüre der Opera Omnia anstrengend und zeitraubend ist, las ich sie lieber in ihrer englischen Übersetzung. Als ich diese dann mit dem originalen Text der Opera

Omnia verglich, wurde mir sehr schnell klar, dass ich mich nicht auf Übersetzungen verlassen konnte. Ich lernte auch sehr schnell, dass die Opera Omnia nur die revidierten Texte der Frühschriften Menno Simons enthält. Für meine kritische Untersuchung des Verhältnisses Menno Simons zum Wiedertäufer Reich in Münster, musste ich aber unbedingt die Urtexte lesen. Zum Glück hatte Conrad Grebel diese als Mikrofiches in der Bibliothek, und stellte sie mir natürlich zur Verfügung. Die nächsten Wochen verbrachte ich also am Mikrofichereader. Da ich von früh morgens bis spät abends arbeitete, bekam ich einen Schlüssel für die Bibliothek. Einen besonders wichtigen Text aus Mennos Streitschrift gegen Jan van Leiden ließ ich mir von der *Mennonite Historical Society* von Goshen, Indiana, schicken. Aus dem kritischen Studium der wirklichen Urschriften Menno Simons konnte ich dann ein neues Verständnis über Mennos Verhältnis zu Münster entwickeln, welches ich dann in meinem Buch: *Menno Simons and the New Jerusalem,* ausführlich beschrieben habe. Nach sechs Wochen sehr intensiver Arbeit ging es wieder zurück nach Abbotsford. Mit einem neuen Mac Computer ausgerüstet ging ich nun an die Arbeit.

COLOMBIA KITCHEN CABINETS

Nach etwa acht Monaten Unterstützung rief das Arbeitsamt an und meinte, es sei wohl an der Zeit, mich wieder nach einer Arbeitsstelle umzusehen. Da ich mit meiner Dissertation noch längst nicht fertig war, suchte ich nach einer Stelle, wo ich nur acht Stunden an fünf Tagen in der Woche zu arbeiten brauchte. Ich fand diese bei Colombia Kitchen Cabinets, wo Hans Norbert und Erich Voth, unser Schwiegersohn und Giselas Mann, schon lange arbeiteten. Eine vierzig Stunden Woche, wo ich bis dahin immer mindestens sechzig bis achtzig Stunden in der Woche gearbeitet hatte, gab mir die Abende und das Wochenende frei für meine Forschungsarbeit. Das erste Jahr in der Fabrik war wie Ferien und verflog wie im Fluge. Dazu verdiente ich schon nach einem Jahr mehr, als Greendale mir als hochqualifizierten Prediger gezahlt hatte. Im zweiten Jahr ging die Arbeit noch gut, im dritten wurde es langweilig, denn es gab keinerlei intellektuelle Anregungen, oder Herausforderungen.

Dann hatte ich eines Morgens ein eigenartiges Erlebnis. Ich schoss mir einen Nagel in den Daumen, etwas das beinahe täglich in der großen Fabrik geschah. Nachdem ich diesen mit der Zange entfernt, und die Wunde desinfiziert hatte, wurde mir plötzlich schwarz vor den Augen und ich fiel auf den harten Zementboden. Als ich meine Augen wieder öffnete, sah ich zunächst nur Sägespäne um mich herum. Dann aber hörte ich deutlich eine Stimme, die mir zuflüsterte: Was machst du hier eigentlich?

Einige Tage später kam der Pastor unserer Konferenz, Chris Arney, zu mir in die Fabrik während der Mittagspause. Nachdem wir erst für eine Weile schweigend nebeneinander gesessen hatten, fragte er mich, ob ich nicht bereit sein würde, in einer Spanischen Gemeinde in Vancouver zweimal monatlich am Sonntagnachmittag zu predigen. Nach einer Woche Bedenkzeit, nahm ich die Arbeit an, und fuhr jetzt zweimal monatlich zum Spanischen Gottesdienst in die First United Spanisch Mennonite Church von Vancouver.

DISSERTATION

Mit der Niederschrift meiner Dissertation kam ich inzwischen gut voran. Kapitel nach Kapitel schickte ich sie zur Begutachtung zu meinem Doktorvater, Prof. Dr. Sjouke Voolstra, nach Amsterdam. Da er damit mehr als zufrieden war, bereitete ich diese vor für den Druck, denn ich musste zweihundert Kopien davon an der Universität in Amsterdam vorlegen. Als die 'copy editors' dann das Manuskript für den Druck vorbereiteten, hatten sie Schwierigkeiten. Da ich niemals vorher mit einem Computer gearbeitet hatte, hatte ich wohl verschiedene Tasten angeschlagen, die jetzt wie ein Geheimkode wirkten. Schließlich konnte ich dann doch ein nicht ganz zufriedenstellendes Manuskript an die Prüfungskommission in Amsterdam einschicken. Die Antwort war, das Manuskript sei nicht druckreif, was ich selber wusste, und ich solle noch weiter an dem dritten Kapitel arbeiten. Da ich inzwischen wieder in die Gemeindearbeit eingestiegen war, gab es keine Zeit mehr für wissenschaftliche Projekte. Das Manuskript wurde also aufs Eis gelegt.

Kanadische Professoren aber, denen ich das Manuskript zum Lesen gab, versicherten mir jedoch, dass die Arbeit durchaus einen PhD verdiene. Die Niederländer haben bekanntlich einen der höchsten Standards für ihren Dr. in Theologie. Als einer meiner kanadischen Freunde mich dann ohne meine Erlaubnis ausführlich zum Thema der politischen Theologie Menno Simons zitierte, nannte er mich Dr. Helmut Isaak. Diese Zitate wurden von Dozenten in Südamerika aufgegriffen, wo ich dann ebenfalls als Dr. Helmut Isaak angeführt werde. Selber habe ich diesen Titel niemals gebraucht, sondern mich immer mit meinem Drs. zufrieden gegeben.

Als ich dann 2006 einige Monate freie Zeit hatte, machte ich mich wieder an die Arbeit. Ich reduzierte den Text mindestens um ein Drittel. Als ich diesen dann Pandora Press in Waterlou, Ontario, vorlegte, übernahm dieser Verlag die Publikation, unter dem Titel: *MENNO SIMONS AND THE NEW JERUSALEM*. Prof. Dr. Walter Klaassen nennt es einen wesentlichen Beitrag zum besseren Verständnis von Menno Simons. Die Buchbesprechungen in den Mennonitischen Fachzeitschriften zur Täufer Forschung sind ebenfalls durchaus positiv.

SUMAS MOUNTAIN

Viele Mennoniten hatten Ferienhäuser an den Seen des Innlandes, wo sie ihre freien Wochenende und die Sommerferien verbrachten. Als wir auf Erkundigungsfahrt gingen, merkten wir sehr schnell, dass die Preise allgemein weit über unsere Verhältnisse gingen. Wir wussten aber auch, dass es auf Sumas Mountain eine Parzelle von 19.4 Acker gab, die wir eventuell kaufen könnten. Nachdem wir das Stück Land gründlich untersucht hatten, entschieden wir uns für den Kauf. Hier hatten wir riesige tausendjährige Zedern, schöne Bäche und alles Wild, das es so in BC gibt. Rehe schliefen mit ihren Kitzen bei uns im Sommer auf dem Rasen. Die schwarzen Bären halfen uns bei der Ernte unserer Pflaumen und Äpfel. Weiter bedienten sie sich auch recht freizügig an dem Futter für unsere Hühner und Ziegen. Die scheuen Bobcats schliefen im Sommer gelegentlich in der Sandgrube. Coyote hatten ihre Kinderstube weiter nach hinten im dichten Gestrüpp auf unserm Lande, und wir hörten sie jeden Abend singen (heulen). Waschbären warteten gleich vor der Küchentür, ob sie nicht einen Teil der Reste vom Abendbrot bekommen würden, und das große Stachelschwein gab unserem jungen Hunde eine Lektion mit Dutzenden Stacheln in der Nase, die dieser niemals mehr vergaß. Das alles konnten wir in fünfzehn Minuten von Abbotsford erreichen. Wo andere viele Stunden auf den überfüllten Straßen zubringen mussten, um einen Tag in der freien Natur zu verbringen, konnten wir hier direkt mitten in der Wildnis leben.

Da der Eigentümer nicht mit sich handeln ließ, mussten wir den vollen Preis bezahlen: $80,000.00. Davon hatten Gisela und Erich und Kaethe und ich zusammen aber nur $50,000.00. Das übrige mussten wir uns privat borgen. Dann aber ging es an die Arbeit. Da wir in der Fabrik schon um sieben Uhr morgens anfingen, waren wir um drei Uhr Nachmitttags fertig und hatten im Sommer noch bis zehn Uhr Tageslicht, um zu arbeiten. Dazu war das Wochenende frei. In kurzer Zeit waren die Auffahrt (eigentlich war es mehr eine Abfahrt) und der Brunnen fertig. Jetzt konnten wir auch bei der Bank eine Hypothek zum Bau des Hauses beantragen. Weil wir einen großen Teil der Bauarbeiten selber ausführten, konnten wir die Kosten sehr niedrig halten. Da wir das Haus im Winter mit unserm eigenen Brennholz heizten, konnten wir in den nächsten Jahren sehr günstig leben.

Für Norbert bauten wir in den nächsten Jahren einen schönen Anbau mit zwei großen Zimmern und einem Dachgeschoss als Schlafzimmer, und das alles aus 'logs'. Als die Familie von Erich und Gisela dann weiter wuchs, zu Amiel waren Caitlin und Patrick dazu gekommen, musste angebaut werden. Da Kelly und Veronica ebenfalls an unserem Familienunternehmen teilnehmen wollten, wurde ganz im Großen geplant. In Sieg Toews fanden wir den Architekten, der uns half unsere drei Generationen-Wohnung so großzügig zu planen, dass alle genügend und dazu privaten Lebensraum hatten. Es wurde ein großartiger Bau von mehr als 1000 Quadratmetern. Einen großen Teil des Baumaterials holten wir uns vom eigenen Lande. Dazu verbrachte die Familie wieder jede freie Minute auf dem Bau. So konnten wir unsere Vier- Familien-Wohnung wieder sehr günstig bauen. Die monatlichen Zahlungen, wenn auf vier Teilnehmer verteilt, waren ebenfalls weit niedriger, als wir für eine ähnliche Wohnung in der Umgebung gezahlt haben würden. Geheizt würde wieder mit Holz. Der frei stehende Heißwasserofen sah aus wie eine Lokomotive und rauchte nicht viel weniger, aber er hielt uns alle schön warm im Winter.

Für Kaethe war es die Erfüllung eines Traumes. Sie hatte nicht nur das schönste und größte Haus von allen Geschwistern, sondern auch noch alle ihre Kinder und Großkinder um sich herum. Da wir nur eine Küche in dem großen Bau haben durften, wurde meistens gemeinsam gekocht. Eigentlich sollte es heißen, dass Kaethe das Abendbrot meistens für die ganze Familie kochte. Diese Jahre waren wohl die schönsten ihres Lebens.

Es gab aber auch Neid. Wie war es möglich, dass die Helmut Isaaks so ein großes und schönes Haus bauen konnten, da keiner von ihnen gut verdiente. Wenn ich meinen Freunden dann versicherte, sie könnten mit ihren Kindern zusammen schönere und größere Häuser bauen, dann zuckten sie nur mit den Schultern. Das wäre schon möglich, aber wer wolle schon mit allen Kindern und

Großkindern zusammen im selben Hause wohnen, wo alle zusammen nur eine Küche haben!

Selbst die Stadtpolizei von Abbotsford machte sich so ihre Gedanken. In unserer Umgebung gab es eine Reihe von Marihuana Züchtern. Das war offenes Geheimnis. Unser großes Haus mit seinen vielen Kellergeschossen würde sich ebenfalls ausgezeichnet dafür eignen. Verdächtig aussehende Personen kamen gelegentlich auf den Hof und fragten, ob das Haus zu kaufen sei. Als wir es dann 2005 tatsächlich zum Kauf anboten, erschien ein hoher Offizier der Stadtpolizei von Abbotsford als erster Käufer. Zusammen mit einer Kollegin ließen sie sich jedes Zimmer und jede Ecke zeigen, und wollten dann auch noch das gesamte Gelände besichtigen. Dann machte er uns ein so niedriges Angebot, dass wir es einfach nicht annehmen konnten. Inzwischen hatte er aber das ganze Haus und Gelände gründlich inspiziert und nicht eine einzige Marihuana Pflanze gefunden. Da wir inzwischen auch seine wirklichen Absichten erkannt hatten, machten wir eifrig mit. - Leider merkten wir sehr bald, dass unser Haus schwer zu verkaufen war. Es war zwar sehr geschmackvoll und solide gebaut, von Luxus gab es aber keine Spur. Und es war für eine Nuklearfamilie einfach zu groß.

Veronica verwandelte es später in ein Gästehaus, wo bis zu dreißig Personen übernachten konnten. Es waren dann vor allem kleinere Gruppen, die es übers Wochenende für geistliche Rüstzeiten, Konferenzen oder Freizeiten buchten. Als solches konnten wir es dann später an ein Pastorenehepaar verkaufen, das damit immer noch gute Geschäfte macht.

WIEDER ZURÜCK IN DIE GEMEINDEARBEIT

Nachdem ich die Arbeit in der Spanischen Gemeinde in Vancouver übernommen hatte, kam Chris Arney, unser Konferenzpastor, sehr bald wieder zur Fabrik. Ob ich nicht als Interimspastor die Cedar Hills Mennoniten Gemeinde in Surrey übernehmen wolle. Nach einer Woche Bedenkzeit, nahm ich wieder an. Küchenschränke bauen ist durchaus interessant und wird weit besser bezahlt als Gemeindearbeit, aber ich musste wieder zurück zu meinem wirklichen Beruf. Als ich mich von meinem Vorarbeiter verabschiedete, meinte er, ich könne jederzeit wieder zurück nach Colombia kommen. Wenn ich die Promotion in Amsterdam vorläufig auch nicht geschafft hatte, als Arbeiter in der Fabrik hatte ich wohl bestanden. Das war auch etwas wert.

In der Gemeindearbeit in Surrey fand ich mich schnell wieder zurecht. Während der neun Monate, die ich dort arbeitete, hatten wir zwei Tauffeste.

Dann suchte die First United Mennonite Church von Vancouver nach einem Prediger. Als ich mich um die Stelle bewarb, wurde ich angenommen. Mein gutes Deutsch spielte dabei bestimmt eine große Rolle, denn die Mehrheit der Glieder bestand aus Flüchtlingen, die 1945 Russland verlassen, und dann über Deutschland nach Canada ausgewandert waren.

Wir hatten wieder Gottesdienst in Deutsch und in Englisch, und am Nachmittag auch noch in Spanisch. Von den etwa 450 Mitgliedern kamen zwei Drittel zum Deutschen Gottesdienst. Davon waren wieder etwa zwei Drittel Frauen, deren Männer entweder dem Stalinistischen Terror zum Opfer gefallen waren oder im Zweiten Weltkrieg ihr Leben verloren hatten. Diese Flüchtlinge waren die Überlebenden des großen Trecks, der großen Flucht aus dem kommunistischen Russland. Zuerst waren sie noch mit Pferden und Wagen gefahren, beladen mit allem, was ihnen wertvoll war. Dann gingen die Pferde ein, der Wagen brach zusammen und blieb am Wegrande liegen. Zuletzt gingen sie mit den Kindern an der Hand zu Fuß weiter. Wenn die Front sie einholte, wurde von allen Seiten und auch aus der Luft auf sie geschossen. Viele verloren ihr Leben. Familien wurden auseinander gerissen. Andere wurden wieder zurück nach Russland geschickt, wo sie dann zur Strafarbeit weiter nach Sibirien verschickt wurden. Ein kleiner Rest aber schaffte es bis nach Westdeutschland in die amerikanische Zone, wo sie dann endlich sicher waren.

Diese Frauen hatten Furchtbares erlebt. Aber sie hatten einen unglaublich starken Willen, und sie gaben niemals auf. In Vancouver gab es reiche Familien, die diese Frauen dann gerne in ihrem Haushalte anstellten und meistens auch anständig zahlten. In einigen Jahrzehnten konnten diese Frauen nicht nur Häuser kaufen und abzahlen, sondern ihre Kinder auch in die Schulen und selbst an die Universitäten schicken.

Während des etwa 140 jährigen Aufenthaltes in Russland hatten diese 'Preußischen' Mennoniten, die sich ursprünglich aus Flüchtlingen aus den Niederlanden, der Schweiz, Österreich, Sued- und Norddeutschland zusammen setzten, zäh an der deutschen Sprache festgehalten. Das sollte hier in Vancouver auch weiter so bleiben. Da ihre Kinder alle in öffentliche Schulen gingen, wo es nur Englisch gab, wurde am freien Sonnabend eifrig Deutschunterricht erteilt. Wo alle Kinder einen freien Sonnabend hatten, mussten die Mennonitischen

Kinder Deutsch pauken. Das war schon schlimm genug. Dazu kam dann aber noch, dass Deutsch die Sprache der verhassten Nazis war. Also wurden unsere Kinder sehr schnell von ihren Mitschülern als Nazis verschrien. Damit wurde auch für sie die Deutsche Sprache zur Nazisprache und sie begannen diese ebenfalls zu hassen.

Unter der Leitung eines Deutsch-mennonitischen Ältesten blieb FUMC aber eine Deutsche Gemeinde bis in die späten sechziger Jahre. Die jungen Leute aber, die dem Deutschen Gottesdienst nicht mehr wirklich folgen konnten, verließen scharrenweise die Kirche, sobald sie alt genug dazu waren. Sie gingen in Englische Schulen und Universitäten, sie lebten in Canada und wurden sehr schnell selber auch Kanadier. Die Deutsche Sprache aber, für die ihre Eltern alle möglichen Schikanen, besonders von den Kommunistischen Vorgesetzten, erlitten hatten, geht wohl mit der ersten Generation verloren.

Als ich die Leitung von FUMC übernahm war die Spannung zwischen Englisch und Deutsch immer noch nicht überwunden. Mein Argument, dass ihre Kinder nicht mehr genügend Deutsch verständen, um einer Predigt in Deutsch folgen zu können, wurde einfach zurückgewiesen mit dem Gegenargument: dann müssten sie eben Deutsch lernen. Schließlich berief ich eine Gemeindestunde der Deutschsprachigen Glieder der Gemeinde ein, um dieses Problem offen durchzusprechen. Mein Argument war einfach: Ihr habt eure Kinder in die Englischen Schulen und Universitäten geschickt. Ihre ganze Gedankenwelt, ihr gesamter wissenschaftlicher Wortschatz ist in englischer Sprache. Vor Gott aber sind alle Sprachen gleich. Ich wisse nicht von einem einzigen Glied des Englischen Gottesdienstes, das Deutsch lernen würde, um am Deutschen Gottesdienst teilnehmen zu können. Wenn wir weiter aber auf Deutsch bestehen würden, würden wir auch noch den Rest unserer Kinder und Großkinder verlieren, denn diese würden sich Englischsprachigen Gemeinden anschließen.

Ein weiteres Problem, dass für beständige Spannung sorgte, war die Liturgie des Gottesdienstes. Die neue Generation wollte moderne Lieder singen und moderne Formen der Liturgie mindestens ausprobieren. Wieder betonte ich, dass jeder Mensch als Kind Gottes, Gott so anbeten könne, wie es seiner Kultur und seinen Gefühlen entspreche. Dann wies ich sie darauf hin, dass ihre Kinder schon bald selber erwachsene Kinder haben würden. Als hochqualifizierte Fachkräfte übten sie verantwortliche Ämter in der Kanadischen Gesellschaft aus. Wenn FUMC weiter bestehen bleiben solle, müssten wir unseren Kindern und

Großkindern die Freiheit geben, ihren Gottesdienst so zu gestalten, wie es ihren Gefühlen und ihrer Einsicht entspreche. Als ich meiner Gemeinde dann noch versicherte, dass es in FUMC immer einen Deutschen Gottesdienst geben würde, solange ich der leitende Prediger wäre, ging die Spannung bedeutend herunter. Den Deutschen Gottesdienst würden wir aber weiter so gestalten, wie die deutsche Gemeinde es wünsche. Es wurde langsam besser.

FIRST UNITED SPANISCH MENNONITE CHURCH (FUSMC)

Als die Arbeit für die Glieder der Spanischen Mennoniten Gemeinde in Edmonton immer knapper wurde, zogen viele von ihnen nach Vancouver. Hier organisierten sie eine neue Gemeinde, die ihren Gottesdienst am sonntagnachmittags in der FUMC abhielte. Als sie Schwierigkeiten mit ihren Predigern hatten, war es selbstverständlich, dass der leitende Prediger von FUMC, Hans Federau, der als geborener Paraguayer ebenfalls fließend Spanisch sprach, ihnen aushalf. Da er nicht jeden sonntagmorgens und nachmittags predigen wollte, wurde ich gebeten ihn zweimal monatlich abzulösen.

Da viele der Glieder von FUMC über Paraguay nach Vancouver gekommen waren, entwickelte sich ein interessantes Verhältnis zwischen den zwei Gemeinden. Es gab historisch begründete Vorurteile, die nur schwer zu überwinden waren. In Paraguay hatten die Mennoniten meistens nur die einfachen Paraguayer kennen gelernt, die sich als Viehdiebe und Einbrecher in den Kolonien einen schlechten Ruf erworben hatten. Den hoch gebildeten und sehr zivilisierten Paraguayern und auch Lateinamerikanern waren wir leider kaum begegnet. Auch die verschiedenen Weltanschauungen der zwei Gruppen machten eine fruchtbare Zusammenarbeit schwierig. So lebt der typische Mennonit bekanntlich um zu arbeiten, während der Lateinamerikaner allgemein nur arbeitet um zu leben. Obzwar wir dem Prediger der Spanischen Gemeinde, Jorge Hoajaca, immer wieder versicherten, dass wir ihn und seine Gemeinde sehr schätzten und enger mit ihnen zusammen arbeiten möchten, blieb er skeptisch, denn unser 'bodylanguage' erzähle ihnen eine andere Geschichte.

Was aber durch viele Worte kaum zu ändern ist, kann durch eine einfache Tat geschehen. Es war Brauch, dass wir unsere Zeugnisstunde, und auch das darauf folgende Tauf Fest gemeinsam feierten. Wir versammelten uns einfach im großen Kellergeschoss der Kirche, saßen in einem Kreise, erzählten von entscheidenden Ereignissen in unserem Leben, und sangen spontan passende

Lieder dazu. Daran beteiligten sich die Taufkandidaten und auch die Glieder der Gemeinde. Es waren unvergessliche Zeugnisstunden, die wir so zusammen erlebten.

Auf einer dieser Zeugnisstunden erzählte ein gewesener (?) Guerillero vom Bürgerkrieg in Nicaragua. Als er davon berichtete, wie mit Maschinengewehren aus der Luft und vom Boden auf sie geschossen wurde, und wie die Granaten und Bomben um sie herum explodierten, wurden die Augen der überlebenden Frauen vom 'großen Treck" immer größer. Auf der Flucht aus Russland hatten sie das alles auch erlebt. Ohne große Worte zu machen, gingen diese sonst sehr zurückhaltenden Frauen einfach auf diesen Latino zu und umarmten ihn. Jorge und auch ich konnten kaum glauben, was sich da vor unseren Augen abspielte. Mit einer schlichten Tat der Solidarität räumten diese Frauen einfach alle Vorurteile aus dem Wege. So verschieden wie wir auch voneinander waren, einer fruchtbaren Zusammenarbeit der zwei Gemeinden war damit die Tür geöffnet.

INTENSIVE SEMINARE IN BOGOTA UND SANTIAGO DE CHILE

Als ich das erste Mal eingeladen wurde, um in Bogota, Kolumbien, ein intensives Seminar über Täufer Theologie zu unterrichten, hatte mein Gemeindevorstand bedenken. Als ich dann aber zurückkehrte, und mit neuer Energie an die Gemeindearbeit in Vancouver ging, durfte ich später auch noch zweimal nach Chile mit demselben Auftrag gehen. Warum? Als ich in Bogota meine Studenten kennen lernte, merkte ich, dass die meisten von ihnen beruflich tätig waren. Neben ihrer Arbeit aber gründeten sie neue Gemeinden in den riesigen Armenvierteln von Bogota, oder betreuten schon bestehend Gruppen. Da viele ihrer Gemeindeglieder aber bitter arm waren und keine Arbeit hatten, diente ihnen ihr Gehalt dazu, um diese hungrigen Familien mit den notwendigsten Lebensmitteln zu versorgen. Hier ging die Praxis der Gemeinde, wo alle alles miteinander teilen, der Theologie voraus. Wenn ich mir dann ihre Geschichten anhörte, musste ich bekennen, dass ich mehr von ihnen zu lernen hatte, als sie von mir.

An das Baptistenseminar in Santiago de Chile wurde ich durch Omar Cortes eingeladen. Omar kam mit seiner Familie nach Vancouver, um am Regent College seinen Master in Theologie zu machen. Seine Ersparnisse reichten gerade für die Reise. Alles Weitere würde sich dann schon finden. Es brauchte aber einige

Wochen, bis Omar sicher wusste, wo das Brot für die nächste Mahlzeit für seine Familie (mit Frau und drei Kindern) herkommen würde.

Als Omar dann der Prediger von FSUMC wurde, freundeten wir uns schnell an. Mit großer Energie und scharfem Verstande ging er nicht nur an sein Studium heran, sondern er widmete auch alle seine freie Zeit den praktischen Problemen seiner Gemeinde. Seine Glieder kamen aus Chile, aus Kolumbien und allen Ländern Mittelamerikas. Viele hatten die Grenze nach Canada illegal überschritten und arbeiteten dann für sehr wenig Geld, wo immer sich eine Gelegenheit fand. So kam Omar immer wieder zu mir ins Buero mit der Bemerkung: Helmut, ich habe da ein kleines Problem. Kannst du mir helfen! Dabei waren diese 'kleinen Probleme' für Omar nicht wirkliche Probleme, sondern Herausforderungen, die es zu überwinden galt.

Als guter Baptist, und auch Anabaptist, hatte Omar weiter keine Bedenken um mit Hilfe der Polizei Kanadas Mitarbeiter der berüchtigten Militärdiktatur Pinochet's, die in Vancouver untergetaucht waren, aufzuspüren. Es dauerte dann auch nicht lange, bis Omar die 'Underground Railroad' der Flüchtlinge entdeckt hatte, und sie voll nutzte, um seinen illegalen Gemeindeglieder zu helfen. Nun gab es da diesen jungen Mann, der sehr geschickt beim Bau war. Eines Tages war er aber vom Baugerüst gefallen, hatte große Schmerzen und musste unbedingt zum Arzt. Da er aber illegal in Kanada war, war das unmöglich. Als ich aber einen mir bekannten Arzt anrief und ihm die Sache erklärte, war dieser bereit, den jungen Mann zu untersuchen. Glücklicherweise lagen aber keine größeren Knochenbrüche vor, und der junge Mann konnte sich in einigen Wochen wieder erholen. Oder die RCMP kam unauffällig zu uns ins Buero mit der Mitteilung: Omar, wir wissen, dass du So und So unlängst getraut hast. Da er aber illegal in Kanada ist müssen wir ihn deportieren. Da er aber ein guter Arbeiter ist, und seine noch sehr junge Frau (von vierzehn Jahren, dem normalen Heiratsalter der Armen in Mittelamerika) schwanger ist mit Zwillingen, möchten wir das lieber nicht tun. Er muss aber unbedingt so schnell wie möglich Kanada verlassen, um dann aus den USA seinen Antrag auf legale Einwanderung zu stellen. Wenn wir ihn aber deportieren müssen, kann er niemals mehr nach Kanada einwandern. Da er inzwischen Frau und Kinder in Kanada hat, wird ihm die Einwanderung nach Kanada wohl gewährt werden. Also half Omar dem jungen Mann über die Grenze in die USA. Das war damals noch nicht so schwierig. Heute wäre es aber praktisch unmöglich.

Als Omar dann mit seinem Studium fertig war, kehrte er als Vertreter der täuferischen Theologie und Angestellter von COM, dem Missionsbuero der Allgemeinen Konferenz der Mennoniten Nordamerikas, an das Baptisten Seminar nach Chile zurück. In den folgenden Jahren lud er mich dann immer wieder nach Santiago ein, um ihm dort mit dem Unterricht der täuferischen Theologie zu helfen.

ESL (English Second Language)

Als sich die deutschen Flüchtlinge von Russland: Lutheraner, Baptisten und Mennoniten in den fünfziger Jahren in Südostvancouver ansiedelten, wurde in allen Geschäften an der Fraserstrasse auch Deutsch gesprochen. Als ich 1992 nach FUMC kam, hatte das Bild sich radikal verändert. Von den vierzehn Deutschsprachigen Gemeinden (Lutheraner, Baptisten und Mennoniten) waren eine ganze Reihe schon geschlossen worden. Flüchtlinge kamen immer noch in unseren Stadtteil, aber diese bestanden zum größten Teil aus Lateinamerikanern und Asiaten. Auf Fraserstrasse konnte man dutzende verschieden Rassen, Sprachen, und Kulturen sehen und hören, aber kaum noch Deutsch. Viele dieser Flüchtlinge waren schwarz über die Grenzen gekommen, und konnten keine legale Arbeitsstelle annehmen. Um schnell Geld zu verdienen, wurden viele zu Drogenhändlern und Einbrechern. Die Kriminalität nahm schnell zu. Der übernächste Nachbar von der Kirche war ein bekannter Drogenhändler. Rivalisierende Banden fuhren vorbei und schossen mit Maschinengewehren auf das Haus. Um dies zu verhindern, wurden schwere Zementblöcke über die Straße gelegt. Eines Abends klingelten zwei junge Kerle an der Tür unserer Nachbarin. Als diese die Tür öffnete, brachen sie in das Haus ein und forderten Geld. Da diese alte Dame allein in einem großen Hause wohnte, müsse sie reich sein. Dass es sich dabei um einen Flüchtling vom großen Treck handelte, konnten die Einbrecher natürlich nicht wissen. Und dass diese Frauen niemals Bargeld im Hause hatten, und von teurem Schmuck schon gar nicht die Rede sein konnte, war ihnen auch nicht bekannt. So misshandelten sie die arme Frau, konnten sie aber nicht wirklich einschüchtern. Schließlich rissen sie die Telefonkabel aus der Wand, banden sie fest auf einen Stuhl, und verließen ohne Geld das Haus. Als die alte Dame sich endlich befreit hatte, schleppte sie sich zur Kirche und rief ihre Kinder an.

Dieses Ereignis schlug wie eine Bombe in unsere Deutsche Gemeinde ein. Wir hatten dutzende Witwen in der Gemeinde, die zum größten Teil noch alleine in ihren großen Häusern wohnten. Diese fühlten sich jetzt plötzlich hilflos den Einbrechern ausgesetzt. Sollten wir nicht auch lieber unsere schöne Kirche verkaufen und als ganze Gemeinde in die sicheren Wohnviertel der anliegenden Städte ziehen, wie es die Lutheraner und Baptisten schon gemacht hatten. Was war der Wille Gottes für unsere Gemeinde? Oder wollte Gott, dass wir gerade jetzt wie ein Leuchtturm der Gerechtigkeit und des Friedens mitten in der Gewalt der Drogenbanden, der Prostitution und der Verbrecher unser Licht scheinen lassen sollten. Waren nicht viele der jungen Verbrecher gezwungen sich auf diese Weise ihr Brot zu verdienen, weil sie nicht Englisch sprechen konnten. Schließlich wurde es uns allen deutlich, dass Gott uns jetzt gerade an dem Ort, wo wir waren, am meisten brauchte. Da Englisch eine der ersten Voraussetzungen für anständige Arbeit und Verdienst war, gaben wir unser Sonntagschulhaus für ESL frei. Als wir die Türen öffneten, füllten sich die Räume in kurzer Zeit mit Vertretern aller Rassen und Kulturen. Chinesen und Inder, Vietnamesen und Filipinos, Afrikaner und Iraner, Mexikaner und Kolumbianer kamen, um bei uns Englisch zu lernen. Dabei hatten sie viele Fragen: Warum macht ihr das? Dass unsere Lehrer nichts für ihre Arbeit bezahlt bekamen, wollten sie zunächst einfach nicht glauben. Unsere Antwort war einfach: Wir waren auch einmal Flüchtlinge. Weiter sind wir Christen. Als solche ist es für uns selbstverständlich, dass wir euch zu helfen.

Was bedeutet Christ sein? war darauf die nächste Frage. Um diese Frage zu beantworten, machten wir einen extra Kursus, der im Lesen des Markusevangeliums bestand. Der erste Kursus war noch nicht abgelaufen, als es hieß: Wir wollen auch Christen werden. Zu den ersten Taufkandidaten gehörte ein hoch gebildetes Ehepaar aus Teheran. Nach einer geselligen Feier im Kellergeschoss der Kirche kam die Frau einfach zu mir und erklärte: Helmut, ein Engel kam zu mir, und erzählte mir, dass du uns taufen würdest. Also machten wir intensive Katechese und feierten Tauffeste. Unsere Englische Gemeinde wurde vielsprachig und multikulturell.

UNSERE INGRID

Als die Stelle des zweiten Predigers bei FUMC frei wurde, bewarb Ingrid Schulz sich um diese Arbeit. Sie war Lehrerin, hatte mit MCC zwei Termine in Bolivien gearbeitet und dabei tadellos Spanisch gelernt. Dann war sie ans Mennonitische Seminar nach Elkhart gegangen, wo sie sich einen Master in Theologie erwarb. Anschließend arbeitete sie zwei Termine als Predigerin einer Spanischen Gemeinde in Chicago. Da sie bei uns zur Sonntagschule gegangen war, war sie allen bekannt.

Aber sie war eine Frau. Frauen durften bei uns alles tun, was mit dienen zu machen hatte. Im Verständnis unserer Deutschen Gemeinde durfte eine Frau aber niemals den Gottesdienst leiten. Auf die Kanzel zu treten und gar zu predigen, wäre einfach ein Sakrileg gewesen. Aber wir hatten vorgearbeitet. In den Monaten vor Ingrids Bewerbung hatten wir uns auf den Bibelstunden intensiv mit der Rolle der Frau in der Bibel beschäftigt. Dass Frauen schon im AT politische und geistliche Führerinnen gewesen waren, und dass sie im NT nicht nur Diakone, sondern selbst Gemeindeleiter und Evangelisten gewesen waren, das hatten sie noch niemals so gehört. Aber sie waren begeistert.

Als Ingrid dann kandidieren kam, und alle Frauenvereine, Bibelstunden und Gottesdienste mitmachte, oder leitete, trat die Frage ihres Geschlechtes ganz in den Hintergrund. Sie war einfach Ingrid. Und Ingrid hatte alle Gaben für den Beruf und Ruf einer Predigerin. Nach einer Woche wurde sie einfach zu: 'unsere Ingrid'. Als solche wurde sie viermal einstimmig erst zur Predigerin und dann zur Leiterin von FUMC gewählt.

Nach mehr als neunjährigem Dienst an der FUMC in Vancouver gab ich die Leitung der Gemeinde an Ingrid Schulz ab und bewarb mich in Surrey um die Stelle des Predigers von Cedar Hills Mennonite Church.

CEDAR HILLS 2003-2004

Cedar Hills ermöglichte es mir, wieder zu Hause zu wohnen und jeden Tag nach Surrey auf Arbeit zu fahren. Ich hatte gute Erinnerungen an Cedar Hills, und kannte die meisten der Gemeindeglieder. Da die Zahl der Mitglieder aber beständig abnahm, machte man sich Gedanken über die Zukunft der Gemeinde. Verschiedene Möglichkeiten wurden erwogen. Man könnte den sehr wertvollen Grundbesitz von Cedar Hills verkaufen und mit dem Gelde eine Kombination von Versammlungsraum, Konferenzräumen und Wohnungen für die älteren Glieder der Gemeinde bauen. Vor allem sollte das neue Zentrum nicht nur sich selber tragen, sondern auch möglichst ein zusätzliches Einkommen für die immer kleiner werdende Gemeinde produzieren.

Verschiedene Mennonitische Organisationen wurden angesprochen, aber niemand war an so einem Projekt interessiert. Auch die Bauunternehmer von der Gemeinde wollten mit dem Projekt nichts zu tun haben, da es zu kompliziert war. Dann kam ein radikal neuer Gedanke auf. Seit Jahren brauchte Living Hope die Kirche Cedar Hills für ihre Gottesdienste und Programme. Da diese Gemeinde hauptsächlich aus jungen Familien bestand, waren sie durchaus an der Kirche interessiert, kaufen aber konnten sie diese nicht. Warum sollte man nicht die zwei Gemeinden miteinander verschmelzen, und eine neue Gemeinde davon machen. Nach vielen Gesprächen und Gebeten wurde der Gedanke in die Tat umgesetzt. Da ich im August 2004 fünfundsechzig Jahre alt wurde, ging ich in Pension und Loren Bergen, der Prediger von Living Hope, übernahm die Leitung der neuen Gemeinde.

MULTIPLE MYLOMA

Kaethe hatte schon jahrelang über Schmerzen im Rücken geklagt. Der Arzt meinte schließlich, dass sie wohl unter Knochenschwund leide. Ein entsprechender Test bestätigte, dass ihre Knochen sehr arm an Calcium waren. Sie bekam also Calcium verschrieben. Zusätzlich schickte er sie zum Physiotherapeuten. Als sie zum dritten Mal zur Behandlung kam, weigerte der Physiotherapeut sich sie weiter zu behandeln, ohne uns einen klaren Grund zu geben. Wir sollten aber so schnell wie möglich wieder zurück zu unserem Arzt gehen. Der wusste aber auch nicht weiter. Dann brach einer der Rückenwirbel zusammen. Als Folge konnte sie weder gerade gehen noch im Bett schlafen. Sechs Wochen lang saß sie gekrümmt auf dem Sofa und litt furchtbare Schmerzen. Da sie nur sehr oberflächlich atmen konnte, bekam sie zusätzlich eine schwere Lungenentzündung. Als wir sie zur Ersten Hilfe zum Hospital in Mission brachten, sah der diensthabende Arzt sie sich genau an. Dann meinte er: mit der Lungenentzündung würden sie schon fertig werden, aber da seien andere Probleme. Er ordnete nicht nur Röntgenaufnahmen, sondern auch spezifische Blutuntersuchungen an. Als unsere neue Familienärztin am nächsten Morgen zur Visite kam, setzte sie sich zu Kaethe aufs Bett und teilte ihr das schlimme Resultat der Untersuchung mit: Du hast vorgeschrittenes Multiple Myloma, oder einfach Knochenmarkkrebs. Für diese Art Krebs gibt es keine

Heilung. Dazu ist es der schmerzhafteste Krebs, den es gibt. – Das war wie ein Todesurteil.

Kaethe wurde dann gleich nach der Krebsklinik in Surrey geschickt. Nachdem die junge indische Krebsspezialistin sich die Resultate der Untersuchungen angesehen hatte, meinte sie, sie könne Kaethe mindestens drei weiter Jahre zum Leben versprechen, und dann würde man weiter sehen. Sie begann dann gleich mit Bestrahlungen und mir Chemotherapie. Wir fuhren dann für anderthalb Jahre jede Woche zur Behandlung nach Surrey. Um die furchtbaren Schmerzen unter Kontrolle zu halten, bekam sie gleich von Anfang an Morphium. Anfänglich waren es fünfzig Milligramm, dann fünfundsiebzig, dann hundert, dann hunderte bis die tägliche Dosis nicht mehr gesteigert werden konnte.

Wir pflegten sie zu Hause. Als Großfamilie konnten wir das tun. Von unseren Töchtern war Gisela immer zu Hause und übernahm die Pflege ihrer Mutter, wenn ich auf Arbeit fahren musste. Cedar Hills war äußerst hilfsbereit. Kaethe sei jetzt meine größte Verantwortung. Ich brauche nur für meine Bibelstunden, Krankenbesuche und Gottesdienste nach Surrey zu kommen. Um alles Weitere würden sie sich schon kümmern. Also fuhr ich meistens morgens zur Arbeit, um Gisela dann möglichst schon am Nachmittag abzulösen, da diese selber eine Familie mit drei Kindern zu versorgen hatte.

Unsere Ärztin, Dr. G. Siemens kam auf Visite zu uns ins Haus. Nach dem ersten Besuch meinte sie, es könne kaum einen besseren Aufenthalt für Kaethe geben. Wir hatten ein spezielles Krankenbett für sie im großen Saal neben der Küche aufgeschlagen. Hier war der Mittelpunkt unseres Familienlebens. Hier kamen die Töchter zum Kochen und die Großkinder zum Spielen. Hier konnte Kaethe weiter im und der Mittelpunkt unserer Familie sein. Auch die palliative Behandlung vertraute Dr. Siemens uns an. Wir durften selber bestimmen, wann Kaethe mehr oder weniger Morphium brauchte.

Aber der Krebs schritt trotz allen Behandlungen unerbittlich weiter. Sie musste immer wieder Bluttransfusionen haben, da der Krebs das Knochenmark zerstörte. Dazu wurden ihre Knochen immer schwächer. Als wir nicht mehr wussten, wie wir sie noch anfassen konnten, ohne einen Knochenbruch zu riskieren, nahm Dr. Siemens sie ins Hospital in die Palliative Abteilung. Da Morphium ihre Schmerzen nicht mehr lindern konnte, wurde sie in ein künstliches Koma versetzt. Sie konnte zwar alles sehen und hören, sprechen konnte sie aber nicht mehr. Auch die Schmerzen fühlte sie nicht mehr.

Schließlich konnte sie am 5. Mai 2004 in der Gegenwart von Gisela und Veronica sanft entschlafen.

WAS JETZT?

Nach der großen Gedenkfeier arbeitete ich noch bis zum 1. August in Surrey, um dann in den Ruhestand zu treten. Das große Haus schien aber ohne Kaethe, dem Herzen und Mittelpunkt der Familie, leer zu sein. Wir hatten es an erster Stelle für sie gebaut. Als solches hatte es seinen Zweck erfüllt. Jetzt war sie nicht mehr da. Wie sollte es jetzt weiter gehen?

Meine Pension reichte nirgends hin. Ich musste wieder Arbeit suchen. Als ich im Juli zur Kanadischen Konferenz in Winkler, Manitoba fuhr, meinte Franz Wiebe, ein alter Freund, ich solle mir doch die Mennoniten Gemeinde in Regensburg, Deutschland, übernehmen. Die brauche dringend einen erfahrenen Prediger. Zuerst lehnte ich ab. Dann aber gab ich ihm die Erlaubnis Regensburg meine Email Adresse zu übermitteln. Nach einer Woche kam dann die Anfrage von Philipp Horsch, ob ich wirklich interessiert sei, nach Deutschland zu kommen. Als ich darauf positiv antwortete, konnten die Verhandlungen beginnen.

REGENSBURG 2005

Die Mennoniten Gemeinde von Burgweinting, einem Vorort von Regensburg, war eine alte Gemeinde mit einer langen Geschichte. Die meisten ihrer Mitglieder lebten als sehr solide Landwirte und erfolgreiche Unternehmer verstreut auf ihren Gütern um Regensburg herum. Jeden zweiten Sonntag kamen sie zum Gottesdienst nach Regensburg. Jeder von ihnen war fähig eine Gemeinde zu leiten. Die Besprechungen des Gemeindevorstandes zogen sich dann auch meistens bis Mitternacht. Jede Frage musste mit deutscher Gründlichkeit besprochen werden. Jede Perspektive musste ausführlich diskutiert werden. Wenn ich dann glaubte, jetzt sei ein Konsensus erreicht, brachte jemand noch wieder eine Seite des Problems auf, die noch nicht besprochen worden war. Also wurde die ganze Frage noch einmal von der neuen Perspektive aus aufgerollt, und bis in jede mögliche Einzelheit besprochen. Meine Lernkurve war wieder sehr steil.

Um die Jahrtausendwende hatte die charismatische Bewegung auch das sehr konservative Bayern erreicht. Da Regensburg scheinbar keinen gediegenen, entsprechend ausgebildeten Prediger finden konnte, wurde ein junger Buchdrucker, der gut sprechen konnte, und auch charismatisch beeinflusst war, zum Prediger angestellt. Da er endlich frische Luft in die Gemeinde brachte, machten eine Reihe junger Familien begeistert mit. Das führte natürlich zu großen Spannungen und schließlich zum Bruch. Eine neue Gemeinde sollte in Schwandorf, etwa 50Km nördlich von Regensburg, gegründet werden. Der junge Prediger wandte sich wieder seinem Beruf zu und gründete seinen eigenen Verlag. Beide Gruppen waren also ohne Prediger.

Nach einigen Monaten fragte mich die Leiterin des Vorstandes was ich so zu tun gedenke, um die zwei Gruppen wieder miteinander zu versöhnen. Meine Antwort war kurz und einfach. Ich könne die Gruppen nicht miteinander versöhnen. Das würden sie selber tun müssen. Aber ich würde ihnen so gut wie möglich dabei helfen. Also gingen wir an die Arbeit. Wir nahmen den Dienst eines professionellen Mittlers an. Die Schwandorfer Gruppe machte dabei nicht mit, da sie als Charismatiker ja keine Fehler begangen hätten. Unter Leitung des professionellen Mittlers kamen wir einmal wöchentlich zusammen. Jedes Gemeindeglied musste jetzt anonym aufschreiben, was geschehen war und worin das eigentliche Problem bestehe. Der Mittler brachte die Beiträge dann thematisch geordnet zur Besprechung auf die nächste Sitzung. Nachdem alles gründlich besprochen war, ging es um die Frage der Lösung. Da wir uns über das eigentliche Problem im Klaren sind, wie können wir jetzt die Versöhnung mit der Schwandorfer Gruppe, die mit wenigen Ausnahmen alle Kinder unserer älteren Gemeindeglieder waren, herbeiführen. Wieder wurde jede Möglichkeit stundenlang besprochen. Schließlich wurden folgende Vorschläge klar: Wir (die alte Gemeinde) beschuldigen die Schwandorfer nicht mehr. Wir anerkennen sie als eine neue selbständige Gemeinde. Wir wünschen in Frieden nebeneinander zu leben und möchten verschiedene Programme gemeinsam machen. Wir wünschen der neuen Gemeinde Gottes Segen! Als ich mit diesen Vorschlägen zum Leiter der Schwandorfer Gruppe kam, war er zuerst verblüfft. Dann meinte er, dass dies meine Vorschläge seien. Ich konnte ihm darauf versichern, dass diese Punkte unter der Leitung des Heiligen Geistes von der ganzen Gemeinde gemeinsam ausgearbeitet seien, und dass alle sie angenommen hätten. Der Heilige Geist manifestiere sich aber in der alten Gemeinde, indem er die Herzen verändere, und nicht im Zungensprechen. Als er diese Vorschläge dann seiner Gruppe vorlegte, waren alle damit einverstanden und wir konnten Versöhnung feiern.

Das Jahr verlief sehr schnell. Die Regensburger baten mich, doch weiter als Prediger ihrer Gemeinde zu arbeiten. Ich lehnte ab. Dann meinten sie, sie würden sehr schwer einen neuen Prediger finden können, worauf ich ihnen versicherte, der liebe Gott werde schon einen willigen Kandidaten für Regensburg finden. Und siehe, schon im Spätsommer bewarb sich ein jüngeres Ehepaar, das schon viele Jahre im Gemeindedienst gestanden hatte, um die Stelle. Da der Prediger aber auch mit der charismatischen Bewegung in Berührung gekommen war, hatte man Bedenken. Briefe gingen hin und her. Eine Telefonkonferenz wurde organisiert. Schließlich meinte ich, man solle das Ehepaar, welches zur Zeit in Kalifornien studierte, doch einfach für zehn Tage herüberkommen lassen und dann alle bestehenden Fragen im persönlichen Gespräch klären. Nachdem man auch das gemacht hatte, wurde das Paar berufen und arbeitet auch nach zehn Jahren immer noch in der Regensburger Mennoniten Gemeinde.

EVE

Als ich in Regensburg arbeitete rief Eva Unrau, oder einfach Eve, mich eines Tages an. Wir hatten uns in Cedar Hills kennen gelernt. Sie studierte zurzeit am Hesston College Theologie. Ob ich ihr bei der Übersetzung eines Deutschen Textes zur Geschichte des Täufertums helfen könnte. Da wir uns von Surrey kannten, machte ich die Arbeit gerne für sie. Auf diesen Anruf folgten dann weitere. Unsere Gespräche wurden immer länger und persönlicher. Dabei ging es schon längst nicht mehr um täuferische Theologie, sondern um die Erfahrungen unseres Lebens. Wir konnten uns sehr offen über unser Leben unterhalten. Da Eve Witwe war, konnten wir uns auch über unsere verstorbenen Ehepartner offen austauschen. Als Eve dann als voll anerkannte Pastorin graduierte, machte ich ihr einen Heiratsantrag. Sie sei zunächst sprachlos gewesen, was bei ihr eigentlich nicht oft geschah. Dann bat sie um Bedenkzeit. Wir müssten uns noch erst besser kennen lernen. Als ich dann meine Arbeit in Regensburg abschloss und zurück nach Abbotsford kam, verbrachten wir die Weihnachtstage zusammen. Als ich dann versprach ihr nach Alberta zu folgen, wo sie mit den Plattdeutschen Mennoniten arbeitete, willigte sie schließlich ein. Da ich ja pensioniert war, versprach ich auch, dass ich ihr weiter folgen würde, wo immer Gott sie für die Arbeit in seinem Königreich rufen würde. Was ich meiner sehr unternehmungslustigen Frau damit versprochen hatte, wurde mir dann in den nächsten Jahren schnell deutlich.

Bevor wir aber heiraten konnten, musste ich regelrecht bei ihrer alten Mutter um ihre Hand anhalten. Die alte Dame war ganz bei der Sache. Als ich sie dann fragte, ob ich ihre Tochter heiraten duerfe, meinte sie: „Aber sicher!" Als ich dann noch bemerkte, dass ich leider ein Fernheimer sei, meinte sie wieder: „Das schade weiter auch nichts". Damit waren dann alle Familienangelegenheiten geklaert, und am 7. Januar 2006 feierten wir in Kelowna im engen Familienkreis unsere Hochzeit.

HAYS, Alberta 2006-2007

Eine Woche nach der Hochzeit flogen wir nach Calgary. Dann fuhren wir mit Eve's Wagen nach Hays. Hier wohnte sie in einem kleinen Mobilhome auf dem großen Hof eines mennonitischen Heufarmers. Da sie nach zwei Jahren in Hesston noch ein volles Jahr nur für Taschengeld fürs MCC arbeitete, war die kleine Wohnung alles was sie erschwingen konnte. Wenn sie die Miete und den Unterhalt des Wagens bezahlt hatte, blieb kaum noch etwas übrig für all die andern Unkosten des täglichen Lebens. Um ihr Einkommen zu verbessern, arbeitete Eve zusätzlich als Kaplan auf dem großen Schlachthof in Brooks.

CENTRO DE ESTUDIOS DE TEOLOGIA ANABAUTISTA Y DE PAZ: CETAP

Da ich nach Regensburg unbedingt weitere Arbeit brauchte, knüpfte ich wieder Beziehungen mit CEMTA an, das inzwischen einen mir befreundeten Direktor bekommen hatte. CEMTA war interessiert und lud mich ein wieder meine Fächer zu unterrichten. Da ich Witwer war und schon immer sehr anspruchslos gelebt hatte, würde ich schon mit dem Gehalt leben können, das man den Lehrern jetzt zahlte. Da keine Termine festgelegt wurden, würde ich auf unbegrenzte Zeit fahren. Doch durch meine Heirat mit Eve Unrau veränderten sich meine, besser gesagt, unsere Pläne gründlich. Ich würde für ein Semester nach CEMTA fahren, und Eve wurde weiter ihre Arbeit mit den LGM machen. Eve würde dann aber im Mai für sechs Wochen auf Besuch kommen. Und so wurde es dann auch gemacht.

Als ich in Regensburg arbeitete, besuchte mich Omar Cortes von Santiago de Chile. Wir hatten uns in Vancouver kennen gelernt, als er an Regent College studierte und gleichzeitig die Leitung von unserer Spanischen Gemeinde übernahm. Er hatte schon Jahre am Baptisten Seminar in Santiago de Chile unterrichtet, und würde auch wieder dorthin zurückkehren. Omar, und mit ihm auch viele der führenden Evangelischen Theologen Lateinamerikas, waren in ihrer Theologie anabaptistisch geworden. Jetzt kam er nach Regensburg im Namen seiner Mitarbeiter mit der einfachen Forderung: Helmut, wir brauchen ein Zentrum für das Studium der Täufer- und Friedenstheologie! Auf die Frage, wo dieses organisiert werden solle, kamen wir immer wieder zurück auf die Evangelische Universität von Asuncion, und damit auf CEMTA, da dieses Teil dieser Universität ausmacht. Nachdem wir ein provisorisches Programm ausgearbeitet hatten, fuhren wir zusammen zu Dankwart Horsch, dem Miteigentümer von Horsch Maschinen. Nachdem wir Dankwart das Projekt vorgelegt hatten, versprach er es für die nächsten fünf Jahre mit einem ansehnlichen Beitrag aus seiner Stiftung zu unterstützen.

Nachdem ich den CEMTA Leiter für das Projekt gewonnen hatte, wurde dieses erst einmal den Forderungen von der Evangelischen Universität angepasst. Als wir es dann der Seminarbehörde vorlegten, wurde es von dieser auf der ersten Sitzung angenommen. Damit konnte die Arbeit beginnen. In Robert Wiens fanden wir einen jungen und begabten Projektleiter.

EVE'S ARBEIT MIT DEN LGM (Plattdeutsche Mennoniten)

Nachdem wir uns auf dem Flughafen von Calgary verabschiedet hatten, fuhr Eve wieder zurück nach Hays. Einsam war es für sie dort eigentlich nicht, denn sie hatte sich sehr schnell mit den Dutzenden Farmkatzen angefreundet. Diese leben ausschließlich in den verschiedenen Stallungen auf dem großen Hof der Farm. Ins Haus dürfen sie auf keinen Fall und gefüttert werden durften sie schon gar nicht. Sie leben ausschließlich von der Jagd, das heißt bis Eve auf den Hof kam. Wenn ich später auf Eve's Heimkehr von der Arbeit wartete, brauchte ich nur die Farmkatzen zu beobachten. Wenn diese erst in einer nicht enden wollenden Reihe von jung und alt zu der Straße zogen, war Eve nicht mehr weit von zu Hause entfernt. Wenn sie dann auf den Hof fuhr, wurde sie mit überwältigender Katzenliebe begrüßt und heimlich gefüttert. Nachdem die Katzen sich dann zur Ruhe unter unserem Mobilhome begeben hatten, denn dort war für sie die wärmste Stelle auf der ganzen Farm, wurde auch ich begrüßt.

Hier von der Farm fuhr Eve dann mit ihrem kleinen Wagen täglich auf die Arbeit. Ihr Buero hatte sie beim MCC in Taber. Ihre Arbeit bestand in der Beratung der Plattdeutschen Mennoniten, die in Scharren von Mexico, Belice, Bolivien und Paraguay wieder in ihre ursprüngliche Heimat, Canada, zurückkehrten. Besonders nach Süd Alberta kamen tausende im Laufe der letzten Jahre, da sie hier bei den Farmern gut bezahlte Arbeit bekamen, oder auf den Ölfeldern arbeiten konnten. Ihre Hauptsprache war das Plattdeutsch, das ihre Vorväter von Preußen nach Russland, nach Canada, nach Lateinamerika und schließlich wieder zurück nach Canada gebracht hatten. Die Männer sprachen meistens auch etwas Spanisch, das sie von ihren Arbeitern gelernt hatten. Für die Frauen und Kinder war das Platt, welches sie übrigens ausgezeichnet beherrschten, die einzige Sprache, in der sie sich verständigen konnten. Waren sie bis dahin in den geschlossenen mennonitischen Siedlungen mit dieser Sprache sehr gut fertig geworden, so war es in Kanada jetzt anders. Hier wohnten sie nicht in geschlossenen Siedlungen, sondern überall verstreut in den kleine Städtchen und auf den Farmen, wo sie arbeiteten. Und hier wurde nur Englisch gesprochen, sei es beim Einkaufen, beim Arzt oder Zahnarzt, bei der Polizei, wo man legale Führerscheine machen musste, vor Gericht oder im Gefängnis, wo die wilden Jungen landeten, da sie sich nach keinen Verkehrsregeln richten wollten. Überall brauchten sie eine Übersetzerin. Und das war Eve, die sich im Krankenhaus, oder bei der Arztvisite, bei der Polizei, im Gefängnis oder vor Gericht nicht nur gut auskannte, sondern als ausgezeichnete Vermittlerin und Beraterin auch bei der Lösung der Probleme helfen konnte. Also ging das Telefon bei uns Tag und Nacht. Ob die Sonne schien oder gerade ein Blizzard wütete, Eve war immer auf der Straße, wenn um Hilfe gerufen wurde. Dabei war ihr alter Wagen durchaus nicht zuverlässig.

Als ich dann mit Eve Abends oder auch Nachts auf den Landstraßen über die großen Entfernungen der Alberta Prairie fuhr, merkte ich wie gefährlich es für sie werden konnte, wenn sie von einem Blizzard überrascht wurde und der Wagen versagte. Da es häufig über viele Meilen keine Farmen gab, wäre ein Schneesturm mit 40 Grad Celsius unter null sehr schnell tödlich für sie gewesen. Nachdem ich dann von Paraguay zurück war, kauften wir eine Honda CRV, die uns in den nächsten Jahren niemals im Stiche ließ.

Eve's Arbeit wurde sehr bald auch den Gesundheitsbehörden Süd Alberta's bekannt, und sie wurde offiziell als Beraterin für die LGM von der Chinook Mental Health Organisation angestellt. Als solche bekam sie ein Buero im

Krankenhaus von Taber und wurde für ihre Arbeit endlich auch entsprechend bezahlt.

Da die Frauen und auch Männer sehr schnell lernten, dass man Eve alle Fragen und Probleme anvertrauen konnte, und das sie diese niemals weiter erzählen würde, wurde sie bald überall zu Rate gezogen. Frauen lernten sehr schnell von Eve, dass sie in Alberta dieselben Rechte hatten, wie ihre Männer. Sie lernten auch, dass physische und sexuelle Gewalt in Canada als Missbrauch schwer bestraft wird. Sie brauchten nicht mehr wehrlos alles über sich ergehen zu lassen, wie es bis dahin im Mexico, oder Bolivien der Fall gewesen war. Sie lernten auch sehr schnell, dass es in Canada 'safe hauses' gibt, wo die Frauen vor der Gewalt ihrer Sex- und Prügelsüchtigen Männer sicher sind. Sie lernten weiter, dass man seinen gewalttätigen Mann verklagen kann, und dass dieser dann ins Gefängnis kommt.

Wenn ein Mann seine Frau wieder einmal grün und blau geschlagen hatte, und wusste, dass diese diesmal zur Polizei gehen würde, verschwand er schnell über die Grenze in die US und von dort nach Mexico. Dort war er sicher, obzwar Frauen in dieser Zeit auch in Mexico durch neue Gesetze mehr Schutz und mehr Rechte bekamen. Da in Canada eine Anklage gegen ihn vorlag, konnte er nicht mehr zurück nach Canada kommen, es sei denn, dass er sich freiwillig der Polizei stellte, und seine Strafe abbüßte. Dazu waren aber die Wenigsten bereit. Vielmehr riefen sie dann ihre Frauen von Mexico an, taten sich sehr schuldbewusst und baten um Verzeihung. Dann baten sie ihre Frau, doch auch nach Mexico zu kommen, dann könnten sie ein neues Leben anfangen. Da Ehescheidung für die LGM nicht einmal denkbar ist, und Frauen, die getrennt von ihren Männern leben, äußerst suspekt sind, gingen manche Frauen auf die Bitten ihrer Männer ein. Einmal in Mexico waren sie wieder hilflos der Gewalt ihrer Männer ausgeliefert, die dann sicher machten, dass ihre Frauen niemals mehr nach Canada flüchten konnten.

Für die jungen Burschen und auch Männer wurde es auf den Straßen sehr schnell klar, dass es in Canada Verkehrsregeln gibt, dass diese auch durchgeführt werden, und dass die Polizei in Canada unbestechlich ist. So verloren sie nicht nur ihre Führerscheine und Wagen, sondern kamen auch vors Gericht und landeten letztes Endes im Gefängnis. Das waren harte Lektionen. Sie lernten weiter, dass man betrunken lieber nicht auf dem Hochweg fährt, dass der Handel mit Drogen ein schweres Verbrechen ist, und mit vielen Jahren Gefängnis bestraft werden kann. Anstatt sich aber den Kanadischen Gesetzen zu fügen, bekam die RCMP (Royal Canadian Mounted Police = Berittene Königliche Kanadische Polizei) einen schlechten Ruf unter den Pattdeutschen Mennoniten, denn sie war schuld daran, dass sie immer wieder festgenommen und bestraft wurden. Wenn sie in Mexico, oder in Bolivien mit einem großen Wagen auf die Straßen kamen, waren sie die Herren der Welt. Und wenn die lokale Polizei es schon einmal wagte sie anzuhalten, konnte man diese entweder einschüchtern oder bestechen. Unsere Patienten in *Luz en mi Camino* erzählten uns später auch, dass die Polizei in Mexico durchaus bereit war ihnen zu helfen, wenn sie den Kokainhändler in einem fremden Städtchen nicht selber finden konnten. Die einzige Bedingung war, dass sie den Polizisten dann auch eine anständige Dosis des weißen Pulvers kauften. Das war in Canada anders.

ALTKOLONIER GOTTESDIENST

Um die LGM besser zu verstehen, gingen Eve und ich immer wieder zu ihren Gottesdiensten in ihren Kirchen. Dabei gibt es eine Reihe von strikten Regeln, die jeder LGM natürlich von Kindesbeinen an kennt. Die Frauen kommen in langen Röcken und dunklen Blusen mit langen Ärmeln, die bis zum Halse geschlossen sind und kein bisschen Haut sehen lassen. Auf dem Kopf tragen sie eine reich verzierte dunkle Haube, die an die Bilder der Frauen von den reichen Kaufleuten des sechzehnten Jahrhunderts in Amsterdam erinnert. Sie dürfen die Kirche nicht durch den Haupteingang betreten, denn dieser ist nur für die Männer bestimmt. Durch einen Nebeneingang die Kirche betretend, sitzen sie an der rechten Seite von der Kanzel. Dort sitzen sie zwei Stunden regungslos wie Wachsfiguren. Sie dürfen weder sprechen, noch den Kopf nach der Seite drehen. Nur die Augen bewegen sich, aber das dürfte ich eigentlich nicht beobachtet haben, denn Männer dürfen nicht nach der Seite der Frauen schauen. Auch die Frauen dürfen absolut nicht nach der Seite der Männer schauen. – Die Männer betreten die Kirche durch den Haupteingang. Sie wirken entspannter und dürfen sich während des Gottesdienstes auch etwas bewegen, denn die harten Bänke ohne Lehnen werden in den zwei Stunden des Gottesdienstes immer härter und unbequemer. Wenn die Zeit zum Anfang des Gottesdienstes da ist, kommen die Vorsänger in geschlossener Reihe aus dem *Oms* Stübchen uns setzen sich vorne auf der Empore an der linken Seite der Kanzel. Wenn der für diesen Sonntag bestimmte Vorsänger sein erstes Lied mit der gegebenen Nummer im

Gesangbuch ansagt, öffnen alle Gemeindeglieder ebenfalls ihre Bücher und der Vorsänger kann anstimmen. Dabei muss er auf Anschlag immer den rechten Ton treffen, denn das Lied darf weder zu hoch noch zu niedrig gesungen werden. Die Lieder im Gesangbuch der LGM haben mindestens zehn bis zwanzig Strophen, und sie werden alle gesungen. Dazu singt man so langsam, dass man als Neuling sehr schnell den Faden verliert. Da die Gesangbücher keine Noten enthalten, werden die Melodien der Lieder von Generation auf Generation überliefert und werden dadurch immer unkenntlicher. Nach dem ersten Lied betreten der Älteste mit seinen Predigern und Diakonen, gestiefelt und wieder in geschlossener Reihe die Kirche und setzen sich an die rechte Seite der Kanzel. Nachdem dann das zweite Lied gesungen ist, betritt der jeweilige Prediger die Kanzel und beginnt nach einem kurzen Gruß und Gebet seine Predigt. Diese wird immer von alten, überlieferten Texten abgelesen. Die Stimme des Predigers ist monoton. Er darf niemals die Hände bewegen. Augenkontakt mit seinen Zuhörern darf er auch nicht machen, und nach den Frauen zu schauen wäre schon wie ein Sakrileg. Er schaut also nach unten auf seinen Text, oder über die Köpfe seiner Gemeinde. Seine Predigt beginnt meisten im AT, geht dann über ins NT, um häufig mit der Offenbarung zu enden. Während der langen Ansprache ist es durchaus erlaubt für einige Minuten einzunicken. Das dürfen selbst die Vorsänger und die Prediger und Diakone vorne auf der Empore machen. Nachdem die Predigt vorüber ist, kniet die ganze Gemeinde mit dem Gesicht nach hinten gekehrt für ein kurzes Gebet. Dann wird noch ein Lied gesungen, und der Gottesdienst ist vorüber, und alle fahren unmittelbar nach Hause.

Wenn Eve und ich dann nach Hause fuhren und uns fragten: Was haben wir heute gehört? war die Antwort immer: Wir haben auch heute wieder das Evangelium von Jesus Christus gehört. Ich wünsche, dass all die radikalen Bekehrungsfanatiker der Evangelikalen Missionen, die sich gerufen fühlen, die LGM zu ihrer Form des Gottesdienstes zu bekehren, sich einmal die Zeit nehmen würden, um mit allem schuldigen Respekt einen Gottesdienst der Altkoloniern zu besuchen. Dann würden auch sie hören, dass das Evangelium von Jesus Christus auch in ihren Kirchen jeden Sonntag treu gepredigt wird. Sie würden dann lernen, dass man Gott auch auf sehr traditionelle Weise anbeten und lobpreisen kann, und das ohne Pianos, Gitarren, Trommeln und Lautsprechern.

Wie schockiert die LGM von den modernen Formen des Evangelikalen Gottesdienstes sein können, beweist folgend Geschichte. Es war Brauch in *LUZ EN MI CAMINO in Mexico*, dass verschiedene Gemeinden für den Gottesdienst am Sonntagabend eingeladen wurden. Dazu gehörte auch die 'Kleine Herde', einem Ableger der Gemeinde Gottes. Sie sangen wunderbar und waren deshalb durchaus beliebt bei unseren Patienten. Als der junge Prediger dann anfing zu predigen, wurde seine Stimme lauter und lauter, seine Hände und Arme flogen durch die Luft und selbst die Beine konnten nicht ruhig bleiben, denn er lief beständig hin und her. Unsere älteren Patienten reagierten höchstens mit einem Grinsen, denn sie hatten diesen jungen Mann schon früher gesehen und gehört. Für einen von unseren neuesten Patienten, einem wilden ungebärdigen Burschen, war es schlimmer wie ein Theater. Als ich am Montagmorgen in die Klasse kam, machte er zur Unterhaltung der ganzen Klasse den Prediger nach. Mensch, sagte er, der hat doch geschrien, und mit seinen Armen in der Luft herumgefuchtelt, so als ob er ein Paar durchgebrannte Pferde aufhalten wolle. Was der junge Prediger aber gepredigt hatte, war für die LGM durch die Art der Präsentation total verloren gegangen. Und nicht nur das, er wurde zum Spott und Gelächter der ganzen Klasse.

WIR SIND DIE ALLEINSELIGMACHENDE KIRCHE

Im Verständnis der LGM Altkolonier gibt es kein Heil außerhalb ihrer Gemeinden und Gemeinschaften. Wer die Gemeinde der LGM verlässt, geht sicher verloren. Da die LGM mit diesem Selbstverständnis aufwachsen, ist es für sie sehr schwierig anders denken zu lernen. Dabei deckt sich Kolonie mit Gemeinde. Innerhalb der Grenzen der Kolonien ist man sicher. Jedermann kann schon mal Fehler machen und sich versündigen. Wenn er aber seine Sünde erkennt, diese bekennt und um Vergebung bittet, wird ihm die Sünde vom Ältesten im Namen der Gemeinde vergeben. Wenn er seine Fehler aber nicht von selber erkennt, hilft die Gemeinde mit Ermahnungen nach. Und wenn alles nicht hilft, wird er schließlich in den Bann getan. Da er damit dem Teufel und der Hölle ausgeliefert ist, dauert es meistens nicht lange, bis der Sünder Busse tut, und demütig um Wiederaufnahme in die Gemeinde bittet. Wenn der vergebene Sünder aber immer wieder zurück in seine alten Sünden fällt, kommt es so weit, dass ihm nicht mehr vergeben werden kann. In Mexico lernten wir einen Mann kennen, dem trotz aller Reue und Busse, deren Echtheit auch wir in Frage stellten, nicht mehr vergeben werden konnte. Er musste die Gemeinschaft der Kolonie verlassen und lebte fortan unter den Einheimischen.

Selbst in Alberta, wo die LGM überall verstreut auf dem Lande, oder in den Städten lebten, übte der Lehrdienst immer noch eine sehr effektive Kontrolle über die Familien der LGM aus. So lernten wir eine junge Frau kennen, die praktisch jedes Jahr ein Kind zur Welt brachte. Als sie dann nach etlichen Jahren der Ehe physisch und emotionell vollständig ausgebrannt war, entschloss sich das junge Paar zur Geburtenkontrolle. Als in den nächsten Jahren dann kein Nachwuchs mehr zu verzeichnen war, wurde der Lehrdienst misstrauisch, und schickte die Sittenwächterinnen der Gemeinde auf Besuch. Es dauerte dann auch nicht lange, bis die junge Frau bekannte, dass sie Verhütungsmittel brauchten. Mit noch mehr Kindern könnte sie einfach nicht fertig werden. Als Antwort erzählten die ehrwürdigen Damen ihr folgende Geschichte: "Die Seele jedes Kindes, dass geboren wird, lebt schon vorher als kleiner Engel im Himmel. Dort wartet es auf seine Menschwerdung, denn dazu habe Gott es erschaffen. Nun war da ein junges Ehepaar, das nach dem Vorbilde der Weltmenschen ebenfalls nicht mehr als drei Kinder in die Welt brachte. Alles schien nach Plan zu gehen, bis die junge Frau dann schwer krank wurde und es ans Sterben ging. Vor dem Sterben standen dann aber plötzlich sechs kleine Engel um ihr Bett, mit der furchtbaren Frage: "Mama, warum wolltest du uns nicht haben?"

In Alberta war es dann aber doch so, dass immer mehr junge Menschen und Familien nicht mehr zum Gottesdienst der LGM kamen. Sie gingen entweder überhaupt nicht mehr zur Kirche, oder besuchten die Gottesdienste in den nahen evangelischen Kirchen. Wenn dann aber jemand in der Familie durch ein Unglück ums Leben kam, wurde die Schuld den untreuen Gliedern der Familie zugeschoben. Und das wurde selbst öffentlich auf dem Begräbnis gemacht.

In den Kolonien der LGM in Mexico, Bolivien, Belize, Paraguay und Argentinien ist es aber immer noch so, dass über neunzig Prozent der Jugendlichen sich im entsprechenden Alter taufen lassen und Mitglieder der Gemeinde werden. Wie in den Gemeinschaften der Hutterer und der Amischen bietet die Zugehörigkeit zur Gemeinde immer noch die beste Möglichkeit, um eine sichere Existenz aufzubauen.

MORALISCHE PROBLEME DER LGM

Ethische Normen entwickeln sich in jeder Gesellschaft im Laufe von Generationen. Genauso ist es auch mit bestimmten moralischen Missbräuchen, die erst noch abgelehnt, dann aber langsam toleriert werden und schließlich allgemein akzeptable sind. So war Ehescheidung unter den Mennoniten in Nordamerika bis in den sechziger Jahren so gut wie Ehebruch und Wiederheirat war Hurerei. Heute gehört beides zum täglichen Leben der Gemeinden. So war es auch bekannt, dass viele mennonitische Männer und auch Frauen der LGM fremd gehen. Partner Austausch und Gruppensex ist auch den LGM nicht unbekannt. Als eine der Gemeinden in Mexico an dieses Problem herangehen wollte, stellten sie fest, dass es nicht nur eine kleine Minderheit war, sondern dass die Mehrheit der Männer in der Gemeinde in die umliegenden mexikanischen Hurenhäuser ging, oder sich eine private Freundin hielt. Die Gemeindeleitung war hilflos, und beschloss dieses Problem nicht mehr anzurühren. Was anfänglich noch als Ehebruch streng bestraft wurde, war durch die Praxis allgemein akzeptable geworden, und war kein moralischer Anstoß mehr. Die Männer der LGM hatten sich einfach den allgemein geltenden Normen der umliegenden mexikanischen Gesellschaft angepasst. Übrigens gab es in der Mitte der Manitoba Kolonie in Mexico ein Motel, wo sich mennonitische Witwen prostituierten, um ihre Familien zu versorgen.

Da die LGM keinerlei Programme für ihre Jugendlichen haben, sind diese sich selber überlassen. Sonntagnachmittags sind Jungen und Mädchen auf der Straße. Da sie keinerlei Spiele spielen, oder Sport treiben dürfen, fangen sie an miteinander zu spielen. Was anfänglich vielleicht noch harmlos ist, wird immer mehr zu einem verführerischen Spiel mit ihrer Sexualität. Wenn sie dann noch trinken, oder Drogen brauchen, verlieren sie schnell jedes Gefühl für Anstand, sie können ihre sexuellen Triebe nicht mehr kontrollieren, und das harmlose Spiel kann schnell zu einer allgemeinen Orgie ausarten. Wenn die Eltern sich vielleicht auch anfänglich noch darüber aufregten, dann wird es heute allgemein als normal akzeptiert. Die Eltern sagen einfach, die jungen Leute müssten sich 'ausspringen'. Sie hätten es so gehalten, und ihren Kindern würden sie es auch nicht verbieten. Mit der Taufe und Heirat soll dann aber ein für allemal Schluss sein mit dem 'sich ausspringen'. Leider ist es nicht so. Die Promiskuität der jungen und älteren Paare geht häufig unvermindert weiter.

Zu Eve kamen immer wieder Paare, deren Ehen dieses Problems wegen am auseinander brechen waren. Allerdings gab es auch Eltern, die mit dem unmoralischen Treiben der Jugend nicht einverstanden waren. Um ihre Kinder vor dieser Unsitte zu schützen, verließen sie die Gemeinschaften, wo das 'sich ausspringen' akzeptable geworden war.

In Alberta trafen die Jugendlichen sich nach dem Gottesdienst in einem öffentlichen Park. Von hier fuhren sie in ihren Pickups zu der nächsten Farm, wo niemand zu Hause war. Hier gab es dann Überfluss an Alkohol und Drogen, und alles was mit dazu kommt. Die RCMP wusste immer, wo die Jugendlichen zusammen kamen, denn sie musste verhindern, dass sich angetrunkene Kerle hinters Steuer setzten und dann tödliche Unfälle verursachten. Um das zu erreichen, versuchten sie immer einen Fahrer zu finden, der versprach, dass er an diesem Nachmittag weder Alkohol trinken, noch Drogen zu sich nehmen würde. Meistens waren sie erfolgreich dabei.

RCMP (Royal Canadian Mounted Police)

Da Eve jahrelang mit den Opfern von physischer und sexueller Gewalt in Surrey, BC, für die Polizei gearbeitet hatte, kannte sie sich auch mit der Arbeit der RCMP in Alberta gut aus. Da die LGM und die RCMP so gut wie keine Kontakte zueinander hatten, war Aufklärung und Vermittlung dringend nötig. Also fuhren wir zum Hauptquartier der RCMP in Taber und machten uns bekannt. Als diese erst wussten wer wir waren, und was wir machten, hatten sie viele Fragen. Wer sind diese langen Kerle in ihren Overalls, die sich an keine Regeln, oder keine Gesetze halten wollen? Wo kommen sie her? Was ist ihre Geschichte? Warum sind sie so unglaublich eigenwillig? Haben sie keine moralischen Werte? Welche Sprache sprechen sie? Um alle diese Fragen zu beantworten, unterrichtete ich im Hauptquartier der RCMP Mennonitengeschichte, und besonders die Geschichte der Altkolonier, ihrer Kultur und ihres Selbstverständnisses. Was mir in Menno dank meines großen Bruders nicht erlaubt war, durfte ich hier ohne Einschränkungen auf dem Revier der Polizei tun.

Wir mussten aber auch die LGM über die Arbeit der Polizei aufklären. Deshalb organisierten wir Sitzungen mit dem Ältesten, den Predigern und Diakonen. Da Eve in ihrer Beratungsarbeit auch immer wieder mit religiösen Fragen und Problemen zu tun hatte, rief sie immer wieder den Ältesten an, um ihn auf dem Laufenden zu halten, und sich mit ihm auszutauschen. So hatte sie das Vertrauen der religiösen Führer der Altkolonier gewonnen. Als wir sie einluden, um über das unsittliche Treiben ihrer Jugend und die legalen Probleme ihrer Gemeindeglieder zu sprechen, waren sie bereit zu kommen. Sie wollten aber auch mehr über die Arbeit der RCMP wissen. Also luden wir die Polizei für die nächste Sitzung ein. Diese hatten schon lange das Gespräch mit den Leitern der

LGM gesucht. Jetzt saßen sie sich am Sitzungstisch gegenüber. Die Polizei erklärte, dass ihre Hauptaufgabe im Schutze der ganzen Gesellschaft bestehe und das schließe die LGM mit ein. Es sei nicht ihre Absicht, den Jungen und Alten auf der Straße den Führerschein abzunehmen. Wenn diese aber eine Verkehrsregel nach der anderen brachen, dann mussten sie handeln, um der Sicherheit des Verkehrs wegen. Wenn wir anfänglich von Platt nach Englisch und umgekehrt übersetzten, merkten wir sehr schnell, dass unsere guten Gemeindeleiter sich ganz gut in Englisch verständigen konnten und lieber direkt mit den Offizieren der Polizei sprechen wollten. Missverständnisse wurden jetzt schnell aus dem Weg geräumt und eine Zusammenarbeit zwischen den Leitern der Altkolonier und der Polizei wurde beschlossen. Gemeinsam würde man jetzt weiter vorgehen, um die jungen und auch älteren Verkehrssünder und Gesetzesbrecher der Altkolonier zur Einsicht zu bringen.

MENNONITENGESCHICHTE FÜR DIE FARMER IN SÜD ALBERTA

Aber auch die Arbeitgeber der LGM hatten Fragen über das Selbstverständnis der Plattdeutschen Mennoniten. Also organisierten wir eine Serie von Vorlesungen im Saale der lokalen Schule über Menno Simons und die Geschichte, Kultur und Theologie, eigentlich mehr Sitten und Gebräuche der Altkolonier. Die katholischen, calvinistischen, evangelischen und atheistischen Arbeitgeber unserer LGM kamen und hatten viele Fragen. Zusammenfassungen meiner Vorträge mit Kommentaren wurden wöchentlich in den lokalen Zeitungen publiziert. Dabei lernten wir, dass wir als Mennonitische Prediger immer noch in der Apostolischen Sukzession stehen. Das geschah auf folgende Weise. Als katholische Farmer ihren Priester fragten, ob sie zu diesen Vorlesungen über Menno Simons und die Mennonitische Geschichte gehen dürften, machte sich dieser an die Arbeit. Das Menno Simons ein katholischer Priester am Anfange des sechzehnten Jahrhunderts gewesen war, konnte er schnell nachlesen. Aber war er auch von der Katholischen Kirche zum Ketzer erklärt und in den Bann getan worden? Da er auf diese Frage keine Antwort fand, wandte er sich an seinen Bischof und dieser wandte sich schließlich an den Kardinal in Montreal. Die Antwort von Montreal war negativ. Menno stehe nirgends auf dem Index der Ketzerlisten des sechszehnten Jahrhunderts. Also sind die Mennoniten eine der vielen Katholischen Untergruppen, und als solche mehr oder weniger harmlos. Die Katholiken waren beruhigt und kamen zu unseren Vorlesungen. Wenn man nun diesen Befund weiter logisch durchdenkt, dann stehen damit alle von Menno und seinen Nachfolgern ordinierten Prediger immer noch in der Apostolischen Sukzession. Menno wurde schließlich auch selber zum Ältesten oder Bischof ordiniert und durfte folglich Prediger für ihren Dienst ordinieren. Was man nicht alles in Hays lernen konnte!

WIEDER MENNO SIMONS

Nachdem meine Bibliothek in Taber bei der Post angekommen war, brachten wir diese zuerst einmal zum MCC, wo Eve arbeitete, denn in unserem kleinen Mobilhome auf der Farm hatten wir keinen Platz dafür. Da der Direktor des MCC in Taber, Ruben Bueckert, durchaus interessiert war an Menno Simons, und an meiner Forschungsarbeit, schaffte er mir in einer Ecke des Unterrichtsaales genügend Raum für meine Bücher. Als noch ein Tisch und Stuhl gefunden wurden, konnte ich hier endlich wieder an meiner Dissertation arbeiten. Dabei ging es nicht mehr um eine Dissertation als solcher. Meine Ambition für einen Doktorhut hatte ich längst im Staub der Fabrik und in der Gemeindearbeit begraben. Sachverständige aber, die das Manuskript gelesen hatten, wünschten dass dieses mindestens publiziert werden sollte. Da ich aber anfänglich in Hays keine bestimmte Arbeit hatte, war jetzt die Zeit gekommen, das Ergebnis meiner jahrelangen Forschungsarbeit für den Druck vorzubereiten. Pandora Press hat dieses dann unter dem Titel 'MENNO SIMONS AND THE NEW JERUSALEM', 2006 heraus gegeben.

WIE VIEL FEIERTAGE GIBT ES FÜR WEIHNACHTEN, OSTERN UND PFINGSTEN?

Die LGM hatten aber auch rein praktische Fragen zum Inhalt der Bibel. So war es Brauch unter den LGM, dass Weihnachten an drei, Ostern an fünf, und Pfingsten an drei Feiertagen gefeiert wurde. Nun gab es da eine junge Familie, die für einen Holländischen Farmer arbeitete. Der junge Familienvater konnte nicht nur zweihundert Kühe alleine in zwei Stunden melken, zusätzlich konnte er alle anfallenden Reparaturen auf der großen Farm machen und im Sommer noch bis sechszehn Stunden auf dem Lande arbeiten. Zum Dank stellte der Farmer der jungen Familie eine große nagelneue, voll möblierte Wohnung zur Verfügung. Zusätzlich waren Strom, Gas, Eier, Milch und Fleisch frei für sie. Obendrauf bekamen sie ein gutes Gehalt gezahlt. Eines Tages vor Ostern kommt der junge

Mann nun zu seinem Arbeitgeber und bittet zu den fünf Biblischen Feiertagen noch um zwei weitere freie Tage. Dann könnten sie schnell nach Mexico fahren, um seine Eltern zu besuchen. Der Farmer ist zunächst verblüfft. Dann meint er, und er kannte seine Bibel sehr gut, wenn sie ihm die Bibelstellen zeigen könnten, wo von fünf Feiertagen über Ostern geschrieben steht, dann könnten sie fahren. Da die jungen Leute ihre Sitten und Gebräuche sehr gut, die Bibel aber weniger gut kannten, läutete das Telefon bei uns schon sehr früh am Sonntagmorgen. Die junge Frau kam gleich zur Sache: Wo steht es in der Bibel, dass wir Ostern fünf Feiertage haben? Leider musste ich ihr sagen, dass es für die fünf Feiertage in der Bibel keine Anweisung gibt. Da der Farmer seinen guten Arbeiter aber auf keinen Fall verlieren wollte, durfte die Familie trotzdem über Ostern nach Mexico fahren.

PREDIGER DER MENNONITEN BRÜDERGEMEINDE ALBERTAS

Die kleine Mennoniten Brüdergemeinde in Hays hatte keinen Prediger. Da Eve hier regelmäßig zum Gottesdient ging und ich dann mit ihr mitging, wurde ich auch bald zum Predigen eingeladen. Daraus wurde dann eine regelrechte Bitte, doch die Stelle des Predigers der Gemeinde zu übernehmen. Als ich annahm, musste ich auch ordentlich für den Dienst eines MB Predigers eingeführt werden. Bevor das aber möglich war, bekamen wir, Eve wurde auch mit eingeschlossen, eine lange Liste von Fragen zugeschickt, die wir schriftlich beantworten mussten. Nachdem wir das gemacht hatten, wurde ich vor das Glaubens Komitee der Alberta MB Konferenz geladen. Wir verbrachten sehr interessante Stunden zusammen. Da die Prüfung meines Glaubens zufriedenstellend verlaufen war (die Frage nach Jona im Fischbauch kam dabei nicht vor, noch wurde ich als liberal erfunden), wurde ich in einem besonderen Gottesdienst zum anerkannten Prediger der MB Konferenz Alberta, und damit auch Kanadas, ordiniert.

Da wir eine feine Gruppe Jugendlicher in der Gemeinde hatten, machte ich Taufunterricht mit ihnen, und eine Reihe von ihnen meldete sich zur Taufe. Getauft wurde im großen Kanal, der das Wasser für die Bewässerung in den großen Stausee brachte. Da dieser aber noch nicht ganz eisfrei war, gingen wir zum Stausee, wo das Eis schon geschmolzen war. Das Wasser war natürlich noch immer bitter kalt. Da das Ufer des Sees sehr flach war, mussten wir eine lange Strecke in den See waten. Um nicht von der starken Strömung des Kanals, der hier einmündete, mitgerissen zu werden, kam eines der Gemeindeglieder, übrigens ein feiner riesengroßer, starker Mann sicherheitshalber mit uns in den See. Bis zur Brust im Wasser stehend, bediente ich hier meine jugendlichen Kandidaten mit der Untertauchungstaufe auf ihren Glauben an Jesus Christus. Anschließend wurden sie dann in die Gemeinde aufgenommen. Es war ein besonderes und sehr schönes Fest, das ich niemals vergessen werde.

Da meine Anstellung in Hays nur halbzeitig war, fuhr ich häufig mit Eve mit, wenn sie weit hinaus in die unendliche Prärie Alberta's fahren musste. Besonders wenn es um theologische Probleme ging, bat sie mich, doch lieber auch mitzukommen. Allerdings wurde sie vom Ältesten der LGM darauf hingewiesen, dass sie sich nicht in Fragen ihres Glaubens mischen dürfte. Das sei allein die Verantwortung des Lehrdienstes.

Wenn ich dann freie Zeit hatte, jätete ich das meterhohe Grass um unser Mobilhome und entfernte allen Unrat, der zu einer typischen Farm in Alberta gehört, aus seiner unmittelbaren Umgebung. Nachdem ich damit fertig war, bekleidete ich das ganze Mobilhome mit neuer Vinylsiding. Die Aluminumsiding, die es vorher gehabt hatte, hatte der Shinook in Stücke gerissen. Was noch davon übrig geblieben war, brauchte ich für 'skirting'. Jetzt fehlte es noch an einer schönen Veranda vor dem Eingang, und als diese fertig war, kam auch noch ein schönes Dach darüber. Unser Mobilhome sah plötzlich freundlich und einladend aus. Dann schafften wir die Brutmaschine für Straußeneier aus dem Nebenraum, und ich machte ein geräumiges Arbeitszimmer mit Bücherregalen an den Wänden daraus. Jetzt hatten wir ein feines Heim, in dem wir sehr zufrieden und glücklich leben konnten.

Als wir im Frühjahr 2007 nach Mexico eingeladen wurden, um dort Vertiefungsversammlungen in den verschiedenen Kolonien abzuhalten, besuchten wir auch *LUZ EN MI CAMINO*. Wir hatten schon in Alberta viel von dieser Entziehungsanstalt gehört. Hier brachten die LGM von Mexico, von den USA, von Canada, von Belice und selbst von Bolivien und Paraguay ihre Alkoholiker und Drogensüchtigen hin, um sie hoffentlich nach drei Monaten geheilt wieder zu entlassen. Eve war fasziniert. Hier würde sie auch gerne einmal arbeiten wollen. Also untersuchte sie die Möglichkeiten. Es dauerte dann auch nicht lange, bis wir eine Einladung von *LUZ EN MI CAMINO* bekamen, um dort zu arbeiten.

Nachdem wir eine Einladung von *LUZ EN MI CAMINO* bekommen hatten, packten wir unsere Sachen und machten uns auf den Weg. Da unser Honda CRV sich in tadellosem Zustande befand, packten wir sie so voll wie möglich, und fuhren über Washington, Oregon, Utah, New Mexico und Texas nach Süden. Nachdem wir einen entspannten Tag in El Paso verbracht hatten, kreuzten wir die Brücke über den Rio Grande und befanden uns in einer ganz anderen Welt: Mexico. Wir folgten der großen Autobahn nach Süden und kamen in etwa sechs Stunden bis zur Manitoba Kolonie, der ältesten LGM Siedlung in Mexico. Nachdem wir uns häuslich eingerichtet hatten, ging es an die Arbeit in *LUZ EN MI CAMINO,* wo wir den Titel: Directores Espirituales, bekamen.

LUZ EN MI CAMINO wurde (und wird) von den Mennoniten Kolonien Mexicos gebaut, verwaltet und auch finanziell unterhalten. Der Direktor mit seinem Gehilfen waren intelligente Männer, die keine höhere Bildung genossen hatten, aber bereit waren ihre erfolgreichen Unternehmen zu verlassen, um sich voll dem Dienste der armen Süchtigen zu widmen. Auch die Arbeiter, die mit den Süchtigen arbeiteten, hatten keinerlei Vorbereitung für diese schwierige Aufgabe. Aber sie waren intelligent, sie lernten sehr schnell und hatten das Herz auf der richtigen Stelle.

UNSERE ARBEIT IN LUZ EN MI CAMINO

Dass eine Frau als Beraterinn mit nur Männern arbeiten könnte, hatte es unter den LGM noch niemals gegeben. Als unsere Patienten Eve dann kennen lernten, wurde sie einfach zu Eve. Und mit Eve konnte man über alles sprechen. Man konnte ihr alles anvertrauen, denn Eve würde alles für sich behalten. Das war neu, denn unter den LGM gibt es kaum Geheimnisse. Jedermann weiß einfach alles über jedermann in der Gesellschaft. Und das nicht nur in der eigenen Kolonie, sondern auch in den Nachbarkolonien und selbst in anderen Ländern. Wehe, wenn jemand einmal ins Gerede gekommen ist, er wird seinen schlechten Ruf niemals mehr loswerden. Seinen guten Ruf zu erhalten war dann auch eines der wichtigsten Anliegen jedes Gliedes der LGM Gesellschaft. Üble Nachrede wurde so zu einem der effektivsten Instrumente für die soziale Kontrolle.

Mit Eve konnten unsere Patienten über alles in ihrem Leben sprechen. Selbst sehr intime Fragen und Probleme konnten durchgesprochen werden, etwas was sie noch niemals vorher im Leben gemacht hatten. Dabei wurde den Süchtigen, die um ihre Sucht zu vertuschen, großartige Geschichten erzählen können, sehr schnell klar, dass Eve sie sehr schnell durchschauen würde. Es lohnte sich einfach nicht, ihr verschiedene Märchen zu erzählen. Es lohnte sich aber schon, ihr offen die Wahrheit zu erzählen, denn dann würde Eve alles daran setzen, um ihnen zu helfen aus ihren Schwierigkeiten heraus zu kommen.

Da war ein junger Mann, der überall Geld geliehen hatte (darunter auch heißes, d.i. Drogengeld), und jetzt einfach keinen Ausweg mehr wusste. Sein Schuldenberg war so groß, dass er ihn einfach niemals mehr los werden würde. Besonders das 'heiße Geld' machte ihm Sorgen, denn wenn er dieses nicht bezahlen würde, könnte es ihm das Leben kosten. Als Eve sich dann mit ihm zusammen setzte, und alle seine Schulden zusammenzählte, wurde schnell deutlich, dass er diese mit regelmäßiger Arbeit wohl bezahlen konnte. Nachdem dieses Problem lösbar geworden war, konnte Eve jetzt mit dem jungen Mann über das größere Probleme, seine Sucht, sprechen.

Meine Hauptverantwortung war der Unterricht. Als Material brauchten wir die zwölf Schritte des Christlichen AA Programs. Dazu brauchten wir auch Material von führenden Therapeuten in den US und anderen Ländern. Alkoholismus, wie jede andere Sucht, ist eine der schwierigsten Krankheiten unserer modernen Zeit. In meinem Unterricht versuchte ich unseren Patienten immer wieder klar zu machen, dass sie keine Schwächlinge waren. Gott hatte sie genauso nach seinem Bilde geschaffen, wie alle anderen Menschen auch. Weiter habe Gott sie ebenfalls mit besonderen Gaben ausgerüstet. Jeder von ihnen sei einzigartig. Aber sie waren einfach Opfer einer Droge geworden, die eher oder später ihr ganzes Leben und auch das ihrer Familien zerstören würde. Solange der Süchtige aber nicht zugibt, dass er süchtig ist und unbedingt Hilfe braucht, wird jeder zeitweilige Entzug von Drogen zu keiner langfristigen Heilung führen. Erst wenn er seine Hilfslosigkeit voll anerkennt, kann ihm geholfen werden. Wenn er aber wirklich Hilfe sucht, dann kann er mit Gottes Hilfe frei werden.

Eine unserer Fragen war immer warum und wann der Patient angefangen hatte mit trinken oder andere Drogen zu brauchen. Für manche fingen der Alkoholismus und die Drogensucht am Sonntagnachmittag auf der Straße an. LGM Jugendliche dürfen mit dreizehn oder vierzehn Jahren am Sonntagnachmittag auf die Straße, wo die großen Jungen sind und auch die Mädchen, und wo es Überfluss an Alkohol und allen möglichen Drogen gibt. Der

Junge muss nun einfach beweisen, dass er Mutters Schürzenband schon losgelassen hat. Das musste er damit beweisen, dass er schon einen anständigen Schluck Tequila trinken oder richtig das weiße Pulver (Kokain) durch die Nase einatmen kann (rotzen). Es dauert dann auch nicht lange, bis viele von ihnen süchtig werden.

Für einen jungen Mann fing es bei der Maisernte an. Er hatte schon den ganzen Tag gearbeitet, aber er musste die Ernte bis zum nächsten Morgen eingebracht haben. Als es später am Abend wird, und der junge Mann immer wieder einnickt, kommen zwei seiner Bekannten, die auch mit Kokain handeln, zu ihm aufs Feld. Wenn er sich auch anfänglich wehrte, schließlich überreden sie ihn doch von dem weißen Pulver zu nehmen, dann würde er ohne Müdigkeit zu fühlen bis zum Morgen durcharbeiten können und seine Ernte einbringen. Und so geschah es. Wir aber lernten diesen jungen Mann kennen, als er mit verbranntem Magen und Eingeweiden – inzwischen aß er das Kokain schon einfach - nach Alberta kam, um hier ärztliche Hilfe zu suchen.

Andere erzählten, dass sie schon mit sieben Jahren zu Alkoholikern geworden seien, als sie für ihren Vater immer Bier und andere alkoholische Getränke holen mussten, und dieses dann unterwegs selber versuchten. Viele hatten Alkoholiker als Väter, die ihren Kindern niemals auch nur die geringste Zuneigung zeigten, sondern sie vielmehr bei dem geringsten Anlass furchtbar prügelten. Noch schlimmer als physische Misshandlung war es, wenn der Vater sie immer ausschimpfte und sie damit wissen ließ, dass sie nichts wert seien und es im Leben niemals zu etwas bringen würden. Wenn sie aber getrunken hatten, dann fühlten sie sich stark und vergaßen ihre Minderwertigkeitskomplexe.

Ein anderer erzählte, dass er als kleiner Junge vor der Tür gespielt habe, als sein Vater aus dem Hause kam. Da er diesem im Wege war, habe der Vater ihm einen Fußtritt verpasst, der ihn dann besinnungslos auf die Erde geschleudert hatte. Der Vater aber sei ruhig seines Weges weiter gegangen. Dieser junge Mann war selber süchtig geworden. Als wir ihn kennen lernten, war er selber stolzer Vater von zwei Kindern. Seinen Sohn nahm er schon von einem Jahre mit, wenn er mit dem schweren Lastwagen in die USA fuhr. Da er tagelang unterwegs war, versorgte er seinen Jungen, wie es seine Mutter nicht besser hätte machen können. Wenn er aber früh am Morgen aufwachte, hatte er häufig eine solche Wut in sich, dass er nicht wusste, was er damit machen sollte. Zwei seiner

Brüder, die ebenfalls süchtig geworden waren, hatten sich schon das Leben genommen.

Andere erzählten uns, dass sie praktisch jeden Tag in der Schule Prügel vom Lehrer bekamen, ob sie diese verdient hatten oder nicht, spielte keine Rolle. Sie waren die sprichwörtlichen Prügelknaben in der Schule. Die einzige Möglichkeit ihre Minderwertigkeitskomplexe später zu vergessen war, wenn sie sich betranken.

Ein Familienvater erzählte uns, dass er vom Diakon der Gemeinde beständig vermahnt wurde, weil er seine Kinder nicht hart genug und oft genug prügelte. Um diesem Druck auszuweichen, verließ er mit seiner Familie schließlich die Gemeinde und die Kolonie. Ein junger Familienvater erzählte uns auch, dass sein Vater ihn auch nach seiner Heirat immer noch verprügelte. Wenn das nicht genug war, kettete er ihn mit einer schweren Kette an einen Baum, und ließ ihn dort stundenlang sitzen.

Da es unumstößlicher Brauch ist, dass Söhne für ihren Vater arbeiten, bis sie heiraten, kommt es immer wieder vor, dass sie, wenn sie unbedingt Taschengeld brauchen, Getreide aus dem Speicher, oder auch Hühner vom Hofe verkaufen. In einem uns bekannten Falle war die Prügelstrafe für den Vater nicht hart genug. Er baute für seinen schon erwachsenen Sohn einen Käfig, worin dieser weder gerade stehen noch liegen konnte und schloss ihn wochenlang darin ein. Als die Nachbarn schließlich die Polizei riefen, wollte der Vater diese nicht ins Haus lassen, denn auf seinem Hofe und in seiner Familie sei er die absolute Autorität. Dasselbe Argument wurde von den LGM in Canada gebraucht, als ein Vater von seiner Tochter wegen Inzest vor Gericht verklagt wurde. Auch er berief sich auf seine absolute Autorität über seine Familie. Was in seinem Hause geschehe, gehe niemand etwas an.

Prügel sind das Allheilmittel für viele LGM, sei es für Ungehorsam, für Diebstahl, oder selbst für Schizophrenie. Einer schon älteren Frau, die Stimmen hörte und Visionen hatte, wurde eine gründliche Tracht Prügel verschrieben. Die würden sie von ihrer schweren geistlichen Krankheit schon heilen.

Der Genuss von Alkohol unter den Mennoniten geht wohl zurück bis nach den Niederlanden. Nachdem Ambrosius Vermoellen, ein holländischer Mennonit 1598 das Bürgerrecht in Danzig erworben hatte, baute er hier eine Branntwein Brennerei, die nach alten Rezepten den berühmten 'Danziger Lachs' herstellte. Das Wissen, wie man aus verschiedenen Getreidearten oder auch einfach von

Kartoffeln Branntwein herstellen kann, nahmen die Mennoniten dann auch mit nach Russland. Hier wurde ihnen im Privilegium (Artikel 4) das Monopol für die Produktion von Branntwein und anderen alkoholischen Getränken in den Kolonien und ihrer unmittelbaren Umgebung zugesprochen. Kein Wunder, dass Trunksucht schon in Russland zu einem großen Problem wurde. Dieses Problem nahmen die Altkolonier dann auch mit nach Canada, und von Canada nach Mexico und Bolivien. Das Privilegium aber, um ihren eignen Schnaps und andere alkoholische Getränke selber zu produzieren, bekamen sie dann in Canada und auch in den verschiedenen Ländern Lateinamerikas nicht mehr. Da der Handel mit alkoholischen Getränken in Lateinamerika aber keinerlei Einschränkungen und Kontrollen durch die Regierungen untersteht, kann man jede Art alkoholischer Getränke überall direkt am Rande der Straßen kaufen, und dies zu sehr günstigen Preisen. Selbst der Bettler kann sich immer noch eine Flasche 'Tequila' leisten.

Dass das Trinken von Alkohol unter den LGM ein großes Problem ist, wird wohl niemand bestreiten, der in *LUZ EN MI CAMINO* gearbeitet hat. Wenn unsere Patienten uns von den Trinkgelagen in ihren Dörfern erzählten, wurde schnell deutlich, dass die etwa 150 Alkoholiker und Drogensüchtige, mit denen wir im Laufe von anderthalb Jahren arbeiteten, nur der 'tip' des Eisberges waren. Von einem der größten Dörfer in der Manitoba Kolonie hieß es, dass von allen Nachbarn nur einer ein Trinker sei, die übrigen seien schon Säufer. Das bedeutet aber nicht, dass die Mehrheit süchtig war. Es sagt aber, dass Trinkgelage in diesen Dörfern normal waren. Da diese meistens über den Wochenenden stattfanden, gingen die meisten während der Woche ihren gewöhnlichen Beschäftigungen nach. Wenn einer aber erst richtig süchtig wird, arbeitete er immer weniger, um schließlich nur noch zu trinken. Schließlich zerstört der Alkohol nicht nur ihn selber, sonder auch seine ganze Familie. Besonders die Frauen und Kinder leiden dabei am meisten.

Nicht alle Menschen, die Alkohol trinken, werden süchtig. Medizinische Untersuchungen haben erwiesen, dass einer von zehn Menschen eine Leber hat, die den Alkohol nicht, oder nur sehr langsam verarbeiten kann. Da dieser in der Leber nicht entsprechend verarbeitet wird, gelangt er unverdaut ins Blut und damit in den ganzen Körper. Wenn der Körper, und besonders das Gehirn, sich aber erst einmal an Alkohol gewöhnt haben, verlangt er immer mehr davon, und der Mensch wird süchtig. Für manche Menschen genügt das erste Glas Wein, um süchtig zu werden. Bei anderen dauert es länger. Auch die andern neun, die eine gute Leber haben, werden schließlich süchtig, wenn sie regelmäßig zu viel Alkohol trinken. Wer aber mäßig im Gebrauch von Alkohol ist, wird kaum süchtig werden. Das macht es nun für die 10% mit der schlechten Leber umso schwieriger. Warum kann mein Freund oder Nachbar sich auch mal gründlich besaufen, und dann das Trinken auch wieder lassen. Hat er einen stärkeren Willen als ich? Da Alkohol sehr schnell das Selbstbewusstsein des Menschen schwächt, haben Alkoholiker immer mit Minderwertigkeitsproblemen zu kämpfen. Nur wenn sie getrunken haben, fühlen sie sich stark und versuchen dann häufig lauthals das Wort zu führen. Wenn der Trinker dann wieder nüchtern ist, schämt er sich umso mehr und hat wieder mehr von seinem Selbstbewusstsein verloren. Er zieht sich immer mehr aus der Gesellschaft zurück, wird einsamer und trinkt schließlich nur noch für sich alleine. Alkoholismus ist wie eine Spirale, die immer enger wird, bis sie schließlich zum Selbstmord führt. Wer einmal süchtig geworden ist, bleibt lebenslang ein Alkoholiker. Er kann jahrelang ohne Alkohol leben, wenn er dann aber auch nur ein Bier trinkt, fängt der Kampf mit der Sucht wieder von vorne an.

Zum Alkohol kamen dann in den siebziger Jahren Marihuana, Kokain, Heroin und synthetische Drogen. Da die meisten LGM kaum lesen und schreiben können, lernen sie vor allem mit ihren Augen, Ohren und Händen. Sie müssen alles selber ausprobieren, um zu wissen, wie es funktioniert und wie es wirkt. Diese Eigenschaft macht sie zu ausgezeichneten Mechanikern und Landwirten. Wenn sie aber auch die verschiedenen Drogen selber ausprobieren müssen, werden sie häufig süchtig, bevor sie wissen, was mit ihnen geschehen ist.

Da viele der LGM in Mexico arm sind, ist die Versuchung für sie umso grösser, sich für den Drogenhandel anwerben zu lassen. Man erzählte uns, dass man in Juarez, der Millionenstadt, die gegenüber von El Passo liegt, in eine bestimmte Bar gehen konnte, wo die Drogenhändler sich trafen. Wenn der junge Mennonit bereit war eine Ladung Drogen über die Grenze in die USA zu bringen, wurde ihm der Schlüssel zu der beladenen Camionetta ausgehändigt. Dann bekam er genaue Anweisungen, wann und wo er über die Grenze fahren müsse. Wenn er erfolgreich war, wurden ihm $10,000 US in bar ausgezahlt. Manche unserer Mennoniten wurden zu sehr erfolgreichen Drogenhändlern. Als die 'Cartelles' dann den Drogenhandel übernahmen, wurde es zu gefährlich, und eine Reihe von ihnen hörten damit auf. Einige von ihnen wurden später zu ausgezeichneten Beratern in *LUZ EN MI CAMINO*. Da sie selber süchtig gewesen waren, und den

Drogenhandel aus eigener Erfahrung kannten, konnte niemand von unseren Patienten ihnen Märchen erzählen.

Unsere Patienten in *LUZ EN MI CAMINO* kamen auf verschiedene Weise zu uns. Einige kamen freiwillig, denn sie wussten, dass sie dringend Hilfe brauchten. Andere wurden von Freunden in Canada einfach auf den Rücksitz ihres Wagens angeschlossen und nach Mexico gebracht. Für die Grenzübergänge machte man dann sicher, dass der Patient total betrunken war, so dass die Kontrollen sich mit seinen Papieren zufrieden geben mussten. Wenn diese dann bei uns nach einigen Tagen wieder nüchtern wurden, waren sie natürlich furchtbar wütend, denn sie wurden gegen ihren Willen für drei Monate in *LUZ EN MI CAMINO* eingeschlossen. Es brauchte dann Wochen, bis wir mit ihnen arbeiten konnten. Noch andere wurden von der Mexikanischen Polizei, auf Drängen der Verwandten, festgenommen und zu uns gebracht. Auch mit diesen war es anfänglich dann sehr schwierig.

Von unseren jüngeren Patienten waren manche schon direkt mit den 'Cartelles' verbunden. Sie waren überzeugt, dass ihre 'Freunde' sie eines Tages aus *LUZ EN MI CAMINO* mit Gewalt befreien würden. Dass ist vor einigen Jahren dann auch tatsächlich geschehen. Andere wurden von ihren Rechtsanwälten herausgeholt. Diesen konnte man einfach alle notwendigen Informationen zukommen lassen, und dann erschienen sie eines Tages vor unserem großen schmiedeeisernen Tor und forderten Einlass. Da die Person mit folgendem Namen gegen ihren Willen eingeschlossen worden sei, müsse sie unmittelbar wieder freigelassen werden, denn unfreiwilliger Entzug der Freiheit sei in Mexico ungesetzlich. Und sie hatten recht. Wenn der Patient aber eine Erklärung unterschrieb, dass er auch weiter in *LUZ EN MI CAMINO* bleiben wolle, dann musste der Rechtsanwalt unverrichteter Dinge wieder abziehen. Natürlich versuchten wir unseren Patienten zu überzeugen, dass er noch länger bei uns bleiben müsse, und folglich die entsprechende Erklärung unterschreiben solle. Manche machten es, andere aber wollten unbedingt wieder freigelassen werden. In einem Falle versammelte sich die ganze Familie eines unserer Patienten mit Großmutter und Kleinkindern vor dem Eingangstor, da sie wussten, dass der Rechtsanwalt eher oder später auftauchen würde, um ihren Sohn zu befreien. Als er dann tatsächlich nach einigen Tagen erschien, griffen sie ihn, teerten und federten ihn und ließen ihn dann laufen. Er kam niemals wieder. Dem jungen Mann konnten wir dann aber tatsächlich helfen. Das Leben in *LUZ EN MI CAMINO* war niemals langweilig!

Zuerst machte Eve hauptsächlich Beratungsarbeit. Es dauerte dann aber nicht lange, und Eve beteiligte sich auch am Unterricht. Dabei führte sie Gruppengespräche ein, wo unsere Patienten in kleine Gruppen geteilt, selber über wichtige Fragen und Probleme mitsprechen und mitentscheiden durften. Das hatten sie noch niemals erlebt. Als Süchtige wurden sie häufig als der Abschaum der Gesellschaft behandelt. Die Gemeinde hatte die meisten von ihnen schon längst ausgeschlossen oder war dabei es zu tun. Sie hatten weder in der Gemeinde noch in der Verwaltung etwas zu sagen. Jetzt aber wurden sie ermutigt mitzudenken und mit zu entscheiden. Sie wurden ernst genommen und ihre Einsicht zählte. Das stärkte ihr Selbstbewusstsein ungeheuer. Kein Wunder, dass alle begeistert waren, wenn Eve wieder den Unterricht einer Klasse übernahm.

Da die meisten unserer Patienten Altkolonier waren, setzte Eve sich auch hier in Mexico so schnell wie möglich mit den Ältesten in Verbindung, um mit diesen zusammen zu arbeiten. Wenn wir sie riefen, um mit unseren Patienten zu sprechen oder seelsorgerliche Gespräche zu führen kamen sie immer, und wir durften meistens mit dabei sein. Sie machten ihre Sache sehr gut. Wenn unsere Patienten durch den Unterricht dann eine persönliche Entscheidung machten, um ihr Leben zu ändern, und Christus nachzufolgen, luden wir die Familien ein, um die Probleme der Vergangenheit zu besprechen und zu lösen. Wenn es aber um Gemeindeprobleme ging, dann mussten die Buße, die Vergebung und auch die Versöhnung vor der ganzen Gemeinde geschehen. Es war nicht genug, wenn wir ihnen versicherten, dass Gott ihnen ihre Schulden vergeben habe, sie mussten dass auch noch unbedingt von ihrem Ältesten und von der Gemeinde hören. Dann erst waren sie wirklich wieder frei. Wenn eine Schuld aber einmal vergeben war, durfte diese niemals mehr erwähnt werden.

Viele unserer Patienten wurden früher oder später wieder rückfällig. Der Prozentsatz von Süchtigen, die über Jahre nicht mehr trinken oder Drogen brauchen, ist allgemein entmutigend niedrig. Aber selbst eine Woche, einen Monat, oder sogar ein Jahr ohne Drogen, ist schon ein Erfolg. Einige waren schon zum zweiten-, dritten- und selbst zum vierten Mal bei uns. Wenn wir dann nach der Ursache fragten, gab es verschiedene Antworten. In vielen Fällen kamen die früheren Trinkgenossen wieder auf den Hof und stachelten sie so lange an, bis sie wieder ein Bier tranken, und damit wieder süchtig wurden. Andere erwähnten das Abendmahl, das natürlich mit echtem Wein gefeiert werden musste. Da einfacher Wein für viele aber zu schwach war, wurde noch ein guter

Schuss Tequila hinzugefügt. Da der Wein in einem großen Glas serviert wird, war es üblich, dass man auch mehr als einen Schluck nehmen durfte. Wenn sie dann die Kirche verließen, hielten sie schon auf dem Wege nach Hause beim ersten Schnapshandel an und das alte Elend ging wieder von vorne los. Wir fuhren wieder zum Ältesten, um dieses Problem mit ihm zu besprechen. Dieser war durchaus offen. Man habe in seiner Gemeinde den Tequila schon ganz weggelassen. Er würde seine Diakone aber anweisen, dass Alkoholiker den Kelch auch an sich vorübergehen lassen könnten, und dass die Teilnahme am Brot auch genüge. Den Wein aber durch Fruchtsaft zu ersetzen, sei undenkbar für die LGM. Andere Patienten meinten dagegen, dass der Wein des Abendmahls für sie kein Problem sei, denn als Abendmahlswein habe er nichts mit gewöhnlichem Wein zu tun. Folglich bringe er kein Verlangen nach mehr Alkohol in ihnen auf. Überhaupt hatten wir den Eindruck, dass das Abendmahl für die LGM schon mehr oder weniger den Charakter eines Sakramentes angenommen hat.

Nicht nur Männer werden zu Alkoholikern und Drogensüchtigen, sondern auch Frauen. Das ist unter den LGM genauso wie in der weltlichen Gesellschaft. Dabei wurden viele, besonders Frauen, süchtig von Drogen, die eigentlich nur der Arzt verschreiben darf. Schon in Alberta hatten wir gehört, dass man alle Drogen, selbst Morphium und andere süchtig machenden Medikamente in Mexico einfach in der Apotheke kaufen könne. Wenn Eve dann mit den Frauen zum Arzt ging, versuchte sie immer heraus zu finden, welche Drogen die Patientin schon auf eigene Faust genommen hatte, denn häufig wirkten die vom Arzt verschriebenen Medikamente nicht mehr. In Mexico lernten wir nun wie das System funktioniert. Der Apotheker lässt sich von einem befreundeten Arzt einfach einen ganzen Stapel von leeren ärztlichen Rezepten unterschreiben. Dann füllt er die jeweiligen Drogen nach Bedarf ein, und niemand kann ihm etwas anhaben, denn die jeweilige Verordnung hat die ordentliche Unterschrift des Arztes. Der Arzt wird natürlich für jede im Voraus gegebene Unterschrift bezahlt.

Da die Not immer grösser wurde, entschlossen die LGM Mexicos sich, noch ein weiteres Zentrum für Frauen zu bauen. Als der Rohbau fertig war, wurde Eve als Leiterin dieses Frauenzentrums ernannt. Bei der Auswahl der Farben hatte sie schon das entscheidende Wort. Sorgfältig wählte sie jetzt Farben, die dem Zweck des Zentrums entsprachen. Die Frauen waren begeistert, für die Männer war es zu farbig, um es milde zu sagen. Auch bei der Einrichtung der Räume hatte Eve jetzt das entscheidende Wort. Auch die war anders als sich die männlichen

Bauherren es vorgestellt hatten. Bevor die Einweihungsfeier aber stattfand, hatten wir Mexico leider schon verlassen.

SOMMER 2008

Für unsere Ferien im Sommer von 2008 hatten wir große Pläne gemacht. Zuerst drehten wir eine CD von der Arbeit in *LUZ EN MI CAMINO*. Dann machten wir uns auf den Weg. Über Ojinaga ging es nach Seminole. Hier hielten wir Abendversammlungen und gaben auch ein Interview für eine Plattdeutsche Radiosendung. Dann kamen Vertreter der EMC zu uns mit der Bitte, doch eine Entzugsanstalt in Texas aufzubauen. Für die Finanzen brauchten wir nicht zu sorgen. Auch die Grüne Karte (Arbeits- und Aufenthaltsgenehmigung für die USA) würden sie schnell für uns bereit haben. Wir lehnten ab. Hier erzählte man uns auch, dass viele der LGM schon jahrelang in Seminole lebten, und dies auch ohne die Grüne Karte. Da die LGM einen wesentlichen Beitrag zur Wirtschaft Seminoles leisteten, würden sie hier auch weiter in Frieden gelassen werden. Die Anzahl der LGM in und um Seminole wurde auf etwa fünfzehn Tausend geschätzt.

Von Texas ging es weiter über Oklahoma nach Südwest-Kansas. Hier hielten wir ebenfalls Abendversammlungen und warben für *LUZ EN MI CAMINO*. Als wir hier nach der Anzahl der LGM in diesem Teil von Kansas fragten, hörten wir, dass etwa fünftausend Familien verstreut auf den Farmen und in den Städten lebten. Dann besuchten wir Eve's Freunde in Hesston und machten Informationsabende in den verschiedenen Kirchen der Umgebung. Von Kansas ging es dann direkt nach Winnipeg, wo wir an der Kanadischen Konferenz teilnahmen. Auch hier machten wir wieder Informationsabende und warben für *LUZ EN MI CAMINO*. Unsere nächste Station war der Mennonitische Geschichtsverein von Saskatoon und die umliegenden Dörfer. Über Edmonton fuhren wir dann weiter nach Norden bis LaCrete, von wo wir Patienten in *LUZ EN MI CAMINO* hatten. Dann ging es nach Kelowna und Abbotsford, wo wir einige Tage bei unseren Kindern ausruhten, um dann wieder die lange Reise über die USA nach Mexico anzutreten.

Da Eve den Gemeindeleiter der Mennoniten Gemeinde in Blumenau kannte, war es selbstverständlich, dass wir uns dort auch der Gemeinde anschlossen. Auch hier wurde ich zum Predigen eingeladen, und zwar in Deutsch, Platt und in Spanisch. Spanisch, weil es schon eine ganze Reihe von Mischehen gab. Für diese Familien, wo natürlich Spanisch die Hauptsprache war, wurde dann auch Gottesdienst in Spanischer Sprache abgehalten. Weiter wurde ich in die Predigerliste aufgenommen. Die Prediger dieser Liste bedienten alle eingeschriebenen Gemeinden am Sonntagmorgen in den jeweiligen Kolonien. Das bedeutete, dass wir einmal im Monat in eine der Kolonien fuhren, um zu predigen. Da die meisten dieser Kolonien mindestens vier und mehr Stunden entfernt waren, fuhren wir schon immer am Sonnabendmorgen los. Sonnabendabends machten wir dann Versammlungen, um für *LUZ EN MI CAMINO* zu werben, und die Menschen auf die Gefahren des Alkohols und der verschiedenen Drogen aufmerksam zu machen. Diese Fahrten waren nicht ungefährlich, da Banden auf den einsamen Strecken durch die Berge immer wieder Autos überfielen und ausraubten.

Da wir durch unsere Patienten auch viele von ihren Frauen kennen lernten, dauerte es nicht lange, bis diese auch zu Eve zur Beratung kamen. Sie hatten häufig sehr schlimme Geschichten zu erzählen. Dann baten sie Eve, ob sie nicht eine Bibelstunde mit ihnen abhalten wolle. Da die Frauen der Altkolonier aber nicht zu Bibelstunden gehen dürfen, bekam die Versammlung einfach einen andern Namen. Als Eve den Epheserbrief mit ihnen durcharbeitete, waren die Frauen begeistert. Dass Frauen und Männer vor Gott gleich sind und auch in der Gemeinde gleiche Rechte haben, hatten sie noch niemals gehört. Und dass sich ausnahmslos alle, also auch Männer, gegenseitig unterordnen sollen, war einfach revolutionär. Bis dahin hatten sie immer nur gehört, dass Frauen sich ihren Männern bedingungslos unterordnen müssten.

Immer mehr Frauen fanden ihren Weg zu Eve, wenn sie mit ihren Eheproblemen einfach nicht mehr fertig wurden. War es normal, dass der Ehemann nicht nur jeden Tag Sex haben wollte, sondern sogar bis zu fünfmal am Tage? Obzwar Television und Computer für die LGM verboten waren, wurden sie trotzdem überall gebraucht. Im Internet fanden die LGM dann auch sehr schnell die Pornoseiten und wollten natürlich auch alles, was sie gesehen hatten, mit ihren Frauen ausprobieren. Da Frauen nun aber ihren Männern bedingungslos

Untertan sein sollen, und Männer das absolute Haupt der Familie sind, mussten die armen Frauen sich gegen ihren Willen den oft abscheulichen Wünschen ihrer sexsüchtigen Männer fügen.

Es dauerte nicht lange und ich wurde wieder in den Unterricht von Mennonitengeschichte und Täufertheologie eingespannt. Das geschah in der Steinreicher-Bibelschule, und in der Bibelschule der Mexikanischen Gemeinden, die in Cuauhtemuc abgehalten wurde. Dann sollte ich mir den Religionsunterricht in der großen Schule in Blumenau übernehmen. Der Unterricht mit den Schülern der zehnten Klasse war schwierig, mit der elften ging es schon gut und mit der zwölften Klasse war es das reine Vergnügen.

ENTFÜHRUNGEN UND ABSCHIED VON MEXIKO

Raubüberfälle und Einbrüche hat es in den mennonitischen Kolonien in Mexico von den ersten Jahren ihres Bestehens an gegeben. Mit dem zunehmenden Drogenhandel wurden die Überfälle aber immer häufiger und blutiger. Dann wurde einer unserer Diakone entführt. Er wurde am frühen Morgen in seinem großen Apfelgarten einfach ergriffen und mit einem geschlossenen Lieferwagen in die umliegenden Berge gebracht. Als es keine Wege mehr gab, ging es zu Fuß weiter, bis sie oben auf dem Berge angekommen waren. Hier wurde Camp gemacht. Von hier aus konnte er aber auch sein Haus unten im Tale sehen und beobachten, wann seine Familie abends die Lichter ausschaltete, um zur Ruhe zu gehen. Die Verhandlungen um das Lösegeld fingen erst am nächsten Tage an. Als man sich dann nach drei Tagen geeinigt hatte und eine große Summe Lösegeld gezahlt worden war, wurde er wieder frei gelassen. Als auch ein zweites Glied unserer Gemeinde entführt wurde, wurde ich unruhig. Als Kanadier könnte ich durchaus das nächste Opfer der Entführer sein. Grund dafür war, dass die Entführer es wissen ließen, dass sie noch mindesten sieben weitere mennonitische Namen auf ihrer Liste hatten. Als dann das dritte Glied von unserer Gemeinde entführt wurde, drängte Eve zum Aufbruch. Wir könnten nicht einfach untätig abwarten, bis ich auch geholt würde. Also machten wir unsere Vorbereitungen, packten alle unsere Sachen in unseren CRV und einem zusätzlichen Anhänger und verließen Mexico. Auf der Autobahn begegneten wir Militärkolonnen. Als wir in Juarez hineinfuhren, bewachten Panzerwagen die Einfahrt in die Stadt. Als wir dann mitten auf der Brücke über den Rio Grande über die Grenze in die USA fuhren, waren wir ungeheuer erleichtert. Selbst El Paso erschien uns wie ein Hafen der Sicherheit und der Ruhe.

Die Arbeiter in *LUZ EN MI CAMINO* aber waren enttäuscht. Der Direktor konfrontierte mich mit dem Argument, dass mein Bruder Kornelius doch für seinen Glauben selbst sein Leben geopfert habe. Meine Antwort war, dass die Entführungen nichts mit meinem Glauben zu tun hatten, sondern nur mit Geld. Geld, das wir nicht hatten, und welches wohl auch kaum jemand für uns aufbringen würde, da wir von keiner Gemeinde oder Konferenz geschickt waren. Wir kamen auf eigene Verantwortung nach Mexico und arbeiteten für die dort gängigen Gehälter. Selber wären wir sehr gerne in Mexico geblieben. Wir liebten unsere Arbeit und konnten sehr gut mit unseren Direktoren zusammen arbeiten. Wenn es nur sicherer gewesen wäre! Nachdem wir uns in El Paso einige Tage entspannt hatten, machten wir uns gemütlich auf die Heimreise nach BC, Canada. Und dies ohne beständig über die Schulter zu schauen, ob wir nicht verfolgt würden.

BURNS LAKE 2009-2011

Wieder zu Hause auf Sumas Mountain entspannten wir uns erst für einige Tage. Dann fuhren wir in die Stadt, um mindestens einige Weihnachtseinkäufe zu machen. Als wir durch Seven Oaks Mall spazierten, begegneten wir Dave Friesen, der irgendwie schon erfahren haben musste, dass wir wieder nach Canada zurückgekehrt waren. Jedenfalls begrüßte er uns, und teilte uns dann mit, dass er eine sehr passende Predigerstelle für uns habe, und das sei die Mennoniten Gemeinde in Burns Lake. Wir winkten ab. Wir hätten andere Pläne. Eigentlich wollten wir wieder zurück nach Süd Alberta, um weiter mit den LGM zu arbeiten. Wir wollten aber lieber auf das Frühjahr warten, da die Wintermonate in den Prärien meistens bitter kalt sind. Wie hatten aber auch beschlossen, dass wir jeden Ruf, der an uns ergehen könnte, sehr ernsthaft in Betracht ziehen würden. Jetzt hatte Burns Lake sich gemeldet bevor wir uns nach Arbeit umgesehen hatten. Schließlich willigten wir ein, um bis zum ersten Juni in Burns Lake zu arbeiten. Dann würden wir nach Alberta gehen.

In den ersten Januartagen machten wir uns dann auf den langen Weg -beinahe 1000 Km- nach Norden. Zuerst hatten wir strömenden Regen bis Hope, dann dichten Nebel im Fraser Canyon, bei Cache Creek fing der Frost an, bei Hundert

Mile Hause lag schon tiefer Schnee. Die Temperaturen fielen immer tiefer, bis wir in Burns Lake mit mindestens minus 30 Grad C begrüßt wurden.

In Burns Lake übernahmen Eve und ich zusammen die Gemeindearbeit. Eve's Erziehung und Erfahrung wurde von der Mennonite Church Canada in Winnipeg als gleichwertig mit einem Master in Theologie eingestuft. Eigentlich wollte ich, dass Eve die Leitung der Gemeinde übernehmen sollte. Aus verschiedenen Gründen war das aber nicht ratsam. So wurde ich formal der leitende Prediger, während Eve den größten Teil der Arbeit machte.

Eve wurde dann Kaplan –eine Arbeit die sie jahrelang schon im Surrey Memorial Hospital als Freiwillige getan hatte- im lokalen Krankenhaus und im Altenheim. Später arbeitete sie vollzeitig als Beraterin für Kinder in den lokalen Schulen.

Nach einigen Monaten in Burns Lake übernahmen wir die Arbeit für einen vollen Termin, das ist für drei Jahre. Als wir noch ein schönes Haus mit 5 Acker Wald am Rande der Stadt kaufen konnten, machten wir uns in Burns Lake heimisch.

Der lange Winter dauert von sechs bis sieben Monaten mit Temperaturen bis zu minus 40 Grad C. Aber genauso gut, wie man sich an plus 45 Grad C gewöhnen kann, kann man auch mit minus 40 Grad C fertig werden. Als wir dann eine Einladung nach Bolivien bekamen, entschlossen wir uns Burns Lake zu verlassen.

BOLIVIEN

Während des letzten Jahres in Burns Lake nahmen wir Beziehungen auf mit dem Missionsbuero der Evangelischen Freikirche in Langley, BC. Diese hatten eine erfolgreiche Arbeit mit den LGM im Norden BC's, in Alberta und in Bolivien. In Bolivien hatten sie ein 'safe house' für missbrauchte Mädchen und Frauen gebaut. Eve fühlte, dass Gott sie für die Arbeit mit diesen armen Mädchen und Frauen nach Bolivien rufe. Da Eve viel Erfahrung und auch Vorbereitung für diese sehr schwierige Arbeit hatte, war die Missionsbehörde der Evangelischen Freikirche in Langley sehr offen für uns. Schon im Sommer von 2011 fuhren wir für vier Wochen nach Bolivien, um selber herausufinden, ob diese Arbeit wirklich das war, was wir in den nächsten Jahren tun wollten.

Was wir fanden war einerseits beeindruckend, andererseits aber auch sehr beunruhigend. Die Missionare der Evangelischen Freikirche hatten in der Nähe von Pailon das Dorf Ibnias gegründet, mit einer plattdeutschen Gemeinde. Diese wurde von einem Prediger geleitet, der einen sehr umstrittenen Ruf unter den evangelischen Gemeinden Boliviens hatte. Das 'safe house', Casa Mariposa, für die missbrauchten Mädchen und Frauen lag gleich anliegend an dem Dorf. Seine Türen waren praktisch immer offen, und jedermann konnte nach Belieben kommen und gehen. Nicht nur die Namen der Insassen waren allen bekannt, die Arbeiter von Casa Mariposa ließen sich mit diesen zusammen fotografieren, und stellten die Fotos dann ins Internet, um für mehr Unterstützung zu werben. Da kaum einer der Arbeiter von Casa Mariposa auch nur die Mittelschule abgeschlossen hatte, und auch keinerlei Kurse für diese schwierige Arbeit absolviert hatte, wurde alles nach eigenem Gutdünken gemacht. Dass diese missbrauchten Frauen und Mädchen das Recht auf absolute Anonymität hatten, und dass ihre Fotos im Internet ein schweres Vergehen gegen ihre Rechte war, hatten sie noch niemals gehört. Und so wurden diese Mädchen und Frauen zum zweiten Mal missbraucht, um für den eigenen Unterhalt der Missionare und den von Casa Mariposa zu werben. Dass die Arbeiter es nicht besser wussten, könnte man noch entschuldigen, dass die Missionsbehörde der Evangelischen Freikirche diese Vergewaltigung der Rechte dieser missbrauchten Frauen und Mädchen aber zuließ, kann wohl kaum entschuldigt werden.

Immer wieder hörten wir das Argument, dass die Jünger Jesu auch keine besondere Erziehung hatten. Das entspricht aber nicht den Tatsachen. Die Jünger Jesu verbrachten ungefähr drei Jahre mit dem besten Erzieher aller Zeiten, Jesus Christus. Das Erziehungsprogramm Jesu bestand aus äußerst praktischen Lektionen kombiniert mit dem besten theologischen Training aller Zeiten.

Weiter hatte die Mission ein großes Gebäude für eine Bibelschule errichtet. Da die meisten Bauten von Freiwilligen gebaut waren, ließ die Qualität viel zu wünschen übrig. Die meisten Dächer waren undicht. Sie waren einfach nicht für die schweren Gewitterregen Boliviens gerechnet.

Beunruhigend war weiter für uns, dass Casa Mariposa nur fünf Insassen hatte, wo es doch für dreißig gebaut worden war. Warum kamen die vielen hunderte von missbrauchten Mädchen und Frauen der LGM nicht nach Casa Mariposa? Warum stand das große Gebäude der Bibelschule meistens leer?

Als wir dann 2012 nach Bolivien kamen, fanden wir bald die Antworten dieser Fragen.

PRÜFUNG UNSERES GLAUBENS DURCH DIE MISSIONSBEHÖRDE DER EVANGELISCHEN FREIKIRCHE

Da uns versichert wurde, dass Eve die volle Verantwortung für die Beratung der Insassen von Casa Mariposa übernehmen sollte und ich sollte die Bibelschule, 'Die Brücke' aufbauen, bewarben wir uns für die Arbeit in Bolivien. Wieder bekamen wir lange Fragebogen über unseren bisherigen Lebenslauf und über unseren Glauben zugeschickt. Nachdem wir diese gewissenhaft ausgefüllt hatten, wurden wir zum Interview eingeladen. Nach einem anregenden Gespräch über unseren Glauben wurden wir als Missionare der Evangelischen Freikirche für Bolivien angestellt. Zusätzlich wurden wir von einem Psychologen getestet und mussten eine Reihe von Büchern über die Geschichte und Theologie der Evangelischen Freikirche durcharbeiten. Weiter wurden wir durch Webinare für unsere Arbeit in Bolivien vorbereitet. Die Gründlichkeit unserer Prüfung und der Vorbereitung für unsere Arbeit in Bolivien beeindruckte uns und weckte unser Vertrauen.

FINANZEN

Missionare der Evangelischen Freikirche werden für ihre Arbeit nicht von der Missionsbehörde bezahlt. Sie müssen sich ihren Unterhalt selber zusammen betteln. Betteln klingt hart, aber so erfuhren wir es. Wir mussten also private Geldgeber und Gemeinden davon überzeugen, dass wir die erfolgreichsten Missionare für die LGM waren. So machten es viele der Plattdeutschen Missionare, die ohne jegliche theologische Ausbildung zu Missionaren für die LGM „promoviert" wurden. Immerhin konnten sie mindesten einigermaßen lesen und schreiben, was man von den meisten LGM nicht sagen kann. Zudem konnten sie die geistlichen Regeln und das Bekehrungsgebet, wie es bei modernen Evangelisationen gebraucht wird, einigermaßen vorbeten. Wenn der Kandidat das alles nachbetete, war er bekehrt, und alle seine Probleme waren auf einen Schlag gelöst. Kein Wunder, dass sie von unglaublichen Erfolgen in Bolivien berichten konnten und die Gemeinden immer mehr Geld schickten. Gegen diese 'instant success stories' hatten Eve und ich wenig anzuführen. Zwar hatten wir in den Jahrzehnten unserer Gemeindearbeit viele Menschen zu Christus geführt und dann auf ihren Glauben auch getauft. Wir wussten aber auch, dass die meisten dieser augenblicklichen Bekehrungen nur einige Tage währten. Als Prediger hatte ich die Nacharbeit mit Bekehrten dieser Art im Fraser

Tal gemacht und ich wusste, dass es sich bei diesen, mit sehr wenigen Ausnahmen, um sehr kurzfristige emotionelle Entscheidungen handelte. Eine echte Bekehrung aber, die wirklich zur Änderung des Lebens und zur Nachfolge Christi führt, braucht dagegen viel Unterricht, viele Gebete und kann häufig Jahre brauchen. Das ist im NT bei Paulus auch nicht anders. Selbst er brauchte Jahre in Ephesus oder in Korinth, um zu predigen und zu lehren, bis eine neue Gemeinde entstand. Seine eigene Erfahrung mit dem auferstandenen Christus vor den Toren von Damaskus war nur der Anfang seiner Bekehrung. Bis Saulus zum Paulus des NT wurde verstrichen etwa zehn Jahre.

Als wir dann durch die verschiedenen Gemeinden in BC und Alberta fuhren, merkten wir, dass wir zu spät gekommen waren. Viele wären schon interessiert an unserer Arbeit, und sie würden sie auch unterstützen, aber sie waren schon vergeben. Das heißt, sie hatten ihre Unterstützung schon einem der Missionsehepaare für Bolivien, die vor uns gekommen waren, zugesagt. Schließlich brachten wir doch das Minimum an Finanzen zusammen, so dass wir doch fahren konnten. Die Folge dieses Systems, besonders wenn so viele Missionare nach demselben Missionsfeld geschickt werden, ist dann auch, dass es beständig Reibungen unter den Missionaren gibt, denn alle sehen in allen einen möglichen Rivalen für ihre Geldquellen. Dabei lebten die Kanadischen Missionare weit besser als selbst der Mittelstand in Bolivien. So wurde zum Beispiel das Monatsgehalt eines jungen Arztes mit etwa $600.oo US berechnet. Das durchschnittliche Einkommen der Missionare belief sich aber auf ein vielfaches dieser Summe. Dass diese dann auch mit Toyota Landcruisers und Sequoias fuhren, war sprichwörtlich unter den LGM. Dagegen waren dann die meisten der bekehrten LGM bitter arm und lebten von der Hand in den Mund. Es ist dann auch durchaus verständlich, dass ein junger Familienvater mit seiner Familie nach Canada auswanderte, um dann von dort nach einigen Jahren ebenfalls als Missionar zurück nach Bolivien zu kommen. Er sagte, dann würde er auch eine schöne Wohnung für seine Familie haben und einen großen Toyota fahren. Er hatte sich also nicht wirklich zu Jesus Christus bekehrt, sondern zum hohen Lebensstandard der ausländischen Missionare. Und dieser junge Familienvater war nicht der einzige, der so dachte! Dass man für verantwortliche Missionsarbeit aber auch eine solide theologische Ausbildung haben müsse, kam ihm nicht in den Sinn, denn die meisten Missionare um ihn herum hatten diese auch nicht. Ein anderer Grund fuer die Uneinichkeit unter den Missionaren war, dass sehr wenig Anleitung gegeben wurde. So wurde es uns ueberlassen unsere

Arbeit selber zu planen und einzuteilen. Dass bedeutet aber, dass die Organisation und Uebersicht der Missionsarbeit in Bolivian viel zu wuenschen uebrig laesst.

ERSTE ANFÄNGE

Da wir für unbegrenzte Zeit nach Bolivien fuhren, schickten wir zwei große Kisten, mit allen möglichen Haushalts-, Küchengeräten, Bürostühlen und einer Feldbibliothek schon im Voraus nach Bolivien. Sie würden dort für uns bereitstehen, wenn wir ankamen. So hatten wir es geplant. Als sie ein halbes Jahr später dann doch noch ankamen, waren sie im Zoll aufgebrochen worden, und die besten Sachen waren gestohlen. Nun das gehört auch zu Bolivien.

Da wir nicht direkt in Ibnias wohnen wollten, mieteten wir uns ein schönes, geräumiges Haus von einem der EMMC Missionare. Es war nach dem Stil der Gutshäuser auf den Estancias gebaut, mit einer breiten Veranda um das ganze Haus herum. Dazu hatte es mindestens einen halben Hektar Rasen mit großen Bäumen um das Haus herum. Das durfte ich alles besorgen. Solange die Reifen des großen Rasenmähers nicht platt waren, machte es mir viel Spaß.

Um das Haus herum schlang sich in Form eines Halbmondes eine Lagune, die sich in der Regenzeit mit Wasser füllte. Wenn wir morgens schon vor Sonnenaufgang Mate auf der Veranda tranken, konnten wir das reiche Naturleben auf dem Wasser beobachten. Da gab es hunderte Enten und Reiher. Wenn der große Marandu, wohl der größte der fliegenden Vögel, majestätisch zur Landung ansetzte, dann blieb uns beinahe der Atem stehen. Wenn wir ihm dann noch zuschauen durften, wie er einen riesigen Aal aus dem Wasser zog, fühlten wir uns als sehr privilegierte Zuschauer. Dazu gab es Krokodile, Schlangen, Capybaras, und sogar einen Puma sahen wir über unser Land schleichen. Als ich mich später von meinen Operationen erholte, konnte ich stundenlang auf der Veranda sitzen und das reiche Leben auf der Lagune beobachten.

CASA MARIPOSA

Inzest ist unter den LGM genauso schlimm, und in manchen Dörfern weit schlimmer - schätzungsweise bis zu 15% der Familien der LGM haben damit zu tun - als in anderen religiösen Gemeinschaften und in der großen Welt überhaupt. Dazu gab es die berüchtigten Serienvergewaltigungen in der

Manitoba Kolonie, über die von den Medien in den USA, in Canada und auch in Europa ausführlich berichtet wurde. Keines der über hundert Opfer der berüchtigten Sexverbrecher in der Manitoba Kolonie fand ihren Weg nach Casa Mariposa. Warum? Erstens wurde Casa Mariposa von einer ausländischen Missionsorganisation ins Leben gerufen, ohne irgendwelche Rücksprache oder Zusammenarbeit mit den LGM. Zweitens ging es dieser Organisation an erster Stelle um die Bekehrung der LGM. Wenn sie aber einen LGM bekehrten, war er für die LGM verloren und konnte nicht mehr in seine Heimatgemeinde zurückkehren. Drittens, warum würden die LGM also ihre Frauen und Mädchen nach Casa Mariposa schicken, um sie dann ganz zu verlieren? Weiter nahmen die LGM an, dass auch die schlimmsten emotionellen Wunden mit der Zeit verheilen. So hatten sie es schon immer gehalten. Wenn man nicht mehr davon spricht, ist es so, als ob es niemals geschehen wäre. Zudem hatten sie keine Erfahrung mit der Beratung dieser Frauen und Mädchen. Selbst die neuen Evangelikalen Missionsgemeinden wollten sich auf dieses Problem nicht einlassen, da es zu schwierig und auch zu kostspielig sei. Mit anderen Worten, auch wenn diese missbrauchten Frauen und Kinder sich nach dem Muster der Evangelikalen Missionskirchen bekehrten, bedeutete das noch kein Ende ihres Leidens. Im Gegenteil, der Missbrauchende und seine Opfer konnten sich beide bekehren und wiedergetauft werden, ohne dass dem Verbrechen ein Ende gesetzt wurde.

Als Eve dann ihre Arbeit in Casa Mariposa antreten wollte, meinten die Angestellten, dass spezialisierte Fachkräfte eigentlich nicht gebraucht würden. Es sei genug, wenn sie jeden Tag mit den Insassen beteten. Weitere Hilfe sei nicht nötig. Wir hatten also ein Dilemma. Eve konnte sich dann doch auf die Missionsbehörde berufen und mit den Insassen sprechen. Dann kam die Wende, die wir so auf keinen Fall geplant hatten.

Wir bekamen einen Anruf von Filadelfia, Paraguay. Ob wir wüssten, wo sich eine bestimmte Familie befinde. Die eine Tochter von vierzehn Jahren sei hochschwanger und brauche unbedingt ärztliche Hilfe bei der Geburt ihres Kindes. Der Vater des ungeborenen Kindes sei entweder der Vater des Mädchens, oder der Bruder. In Filadelfia hatte das Sozialamt den Fall aufgenommen und den Vater, die Mutter und den Bruder vor Gericht verklagt. Der Untersuchungsrichter hatte alle nötigen Beweise versammelt und dem Richter übergeben. Bevor die Angeklagten aber vor Gericht erscheinen, werden sie am Tage vor ihrer Verhaftung davon informiert. Als sie dann aber am nächsten Morgen festgenommen werden sollten, hatte die Familie ihre Sachen gepackt und war nachts über die Grenze nach Bolivien geflüchtet.

Als wir nachfragten, berichtete man uns, dass die betreffende Familie früher in Villa Nueva, dem Missionsdorf der EMMC in der Nähe von Pailon gelebt hatte. Als der Inzest dem Prediger der Gemeinde von Villa Nueva gemeldet wurde, hatte er sehr intensiv mit der Familie gearbeitet. Als man dann überlegte, ob dieser Fall nicht dem Bolivianischen Gesetz übergeben werden müsste, floh die Familie nach Filadelfia in Paraguay. Bevor sie hier aber vor Gericht gestellt werden konnten, waren sie wieder nach Bolivien zurückgekehrt und lebten jetzt in Pailon.

Da wir jetzt wussten, wo die Familie lebte, bat ich um die legalen Unterlagen und medizinischen Beweise von Filadelfia. Nachdem mir diese zugeschickt worden waren, musste ich handeln. Vor dem Gesetz, und das ist auch in Bolivien so, muss jede Person, die über ein Verbrechen - und Inzest ist ein schweres Verbrechen, dass in der ganzen Welt mit lebenslangem Gefängnis bestraft wird - informiert wird, dieses unvermittelt der Polizei melden. Wenn es nicht geschieht wird man als Mitwisser genauso schuldig, wie der Verbrecher. Ich hatte also keine Wahl.

Mit den Dokumenten in der Hand ging ich also zur Polizei in Pailon. Nachdem diese die legalen Papiere eingesehen hatten, riefen sie sogleich die Vertreterin vom Ministerium für Kinderschutz in Pailon, und diese übernahm die Verantwortung für die missbrauchten Mädchen. Der Vater und der Bruder wurden festgenommen und ins Gefängnis nach Cotoca gebracht. Da die Mädchen in ein Heim für missbrauchte Kinder gebracht werden mussten, boten wir natürlich Casa Mariposa an, wo Eve die Arbeit mit den Kindern übernehmen würde. Dann aber fingen die Schwierigkeiten an. Casa Mariposa war als private Anstalt nicht bei der Regierung Boliviens eingeschrieben. Nur Eve und ich wurden als qualifizierte Arbeiter vom Bezirksrichter anerkannt, als wir ihm unsere Zeugnisse auf seine Forderung vorlegten. Keiner der bisherigen Arbeiter hatte die notwendigen Zeugnisse, um in so einem Heim arbeiten zu dürfen. Da die Mission aber versprach, Casa Mariposa so schnell wie möglich zu legalisieren, und Eve und ich als qualifizierte Arbeiter die Arbeit mit den missbrauchten Mädchen übernehmen konnten, wurden die Mädchen von der Polizei abgeholt und nach Casa Mariposa gebracht. Damit unterstand Casa Mariposa von jetzt an der Autorität des Ministeriums für Kinderschutz von Bolivien. Alle bisherigen Arbeiter von Casa Mariposa aber, die keine entsprechende Ausbildung für diese

Arbeit hatten, waren damit praktisch entlassen. Weiter führte Eve Casa Mariposa jetzt so, wie es sich für ein 'safe hause' gehört. Das gab viel böses Blut.

Da die bisherigen Heimeltern Casa Mariposa verließen, waren Eve und ich gezwungen, ihre Stelle zu übernehmen. Wir zogen also vorübergehend nach Casa Mariposa.

Da die Papiere von Filadelfia nur Kopien waren, fuhr ich mit dem Bus nach Paraguay, um die Originale mit der Unterschrift des Richters in Filadelfia abzuholen. Dann aber hieß es, dass man in Bolivien nicht auf Grund von Paraguayischen Untersuchungen handeln könne. Also mussten alle medizinischen Untersuchungen wiederholt werden. Weiter mussten die Zeugenaussagen über den Missbrauch von den Mädchen vor einem bolivianischen Richter neu aufgenommen werden. Eve, die sich von ihren Erfahrungen gut mit den legalen Verfahren auskannte, war in den nächsten Wochen beständig unterwegs.

Da es sich hier um eine Anklage vor Gericht handelte, brauchten wir natürlich auch einen Rechtsanwalt(in). Mit ihrer Hilfe konnten wir in sechs Wochen alle medizinischen Ergebnisse und legalen Beweise für die Schuld der Angeklagten zusammen bringen und dem Distrikt-Richter in Cotoca übergeben.

Sobald die Männer verhaftet wurden, kamen die Todesdrohungen. Es hieß man würde Eve, mich und die drei Mädchen töten und verschwinden lassen. Damit hätte es keine Kläger und keine Zeugen mehr gegeben und damit auch keinen Prozess vor Gericht. Dass diese Drohungen von Mennonitischen Männern kamen, ist nicht überraschend, wenn man das Verständnis der LGM zur Stellung des Vaters als absolute Autorität über seine Familie versteht. Da sie daraus auch das Recht zum sexuellen Missbrauch ihrer Töchter ableiteten, fühlten sie sich in Ihrer Autorität als Haupt der Familie bedroht, und drohten uns nun ihrerseits mit dem Tode. Daraufhin stellte unsere Rechtsanwältin Leibwachen für uns an, die Casa Mariposa bewachten, und auch Eve, mich und die Mädchen auf allen unseren Fahrten begleiteten. Das war nötig, denn wir wurden immer wieder beobachtet und verfolgt. Dazu kamen telefonische Drohungen. Zudem war es der erste Fall in Bolivien, wo Mennonitische Kinderschänder vor das weltliche Gericht gestellt wurden.

Als aber alle Akten erst in den Händen des Richters waren, ließ der Druck nach, und ich teilte unseren Leibwachen mit, dass wir sie in einigen Tagen entlassen würden. Bevor es aber dazu kam, griff unser Missionsbüro von Langley ein. Unser

Missionssekretär rief mich in Buena Vista an, wo ich gerade Abendkurse abhielt. Ich solle meinen Kursus abbrechen und unmittelbar nach Casa Mariposa zurückkehren, denn ich könnte von meiner eigenen Leibwache ermordet werden. Ich lehnte ab. Ich mache jetzt die Arbeit, wozu Gott mich nach Bolivien gerufen hatte. Dass mein Leben in Gefahr stehen könnte, war einfach Teil meiner Berufung und meiner Arbeit. Zudem hatte ich mich mit meiner Leibwache angefreundet, und spürte von seiner Seite keinerlei Gefahr. Gleichzeitig rief unser Missionssekretär Casa Mariposa an und befahl, dass die Leibwachen unmittelbar entlassen werden sollten und dass Eve und ich Ibnias verlassen müssten. Wir wurden für drei Monate von jeglicher Arbeit mit der Mission der Evangelischen Freikirche suspendiert und dann würde man weiter sehen. Also mussten wir unsere Sachen packen und wieder in unsere Wohnung in der Nähe von der Laguna ziehen. Wir waren froh, dass wir wieder zu Hause waren. In den sechs Wochen aber, wo Casa Mariposa unter der Leitung von Eve stand, hatte sich die Zahl seiner Insassen mehr als verdoppelt. Mit unseren Beziehungen, die wir inzwischen mit den LGM aufgebaut hatten, hätte dieser Trend sich sicher weiter fortgesetzt.

Für die Einwohner von Ibnias waren wir aber so gut wie in den Bann getan. Schlimmer noch, wir durften Ibnias nicht einmal mehr betreten und keinen Kontakt mit seinen Einwohnern haben. Dabei wussten wir nicht einmal, was unsere Schuld war, und wir wissen es immer noch nicht. Wir hatten doch jeden Schritt mit dem Einverständnis unserer Mission gemacht. Als wir dann unseren Missionssekretär darum baten, doch den Bann von uns zu nehmen, weigerte er sich, ohne die Gründe für diese extreme Maßnahme anzugeben. Dabei erklärte er, dass wir nicht in den Bann getan worden seien. Nun für die Einwohner von Ibnias war die Maßnahme schlimmer als der Bann der LGM. Wir wurden von ihnen in der Folge dann auch wie Aussätzige gemieden und verleumdet. Als wir dann nach Canada zurückkehrten, weigerte unsere Missionsbehörde sich mit uns zu sprechen. Nicht einmal der Bann der LGM ist so hart, wie die fristlose Entlassung von unserer Arbeit durch die Missionsbehörde der Evangelischen Freikirche. Allerdings kamen verschiedene Leute von Ibnias weiter zu Eve zur Beratung, da sie mit unserer Entlassung nicht einverstanden waren. Zudem konnte Eve ihnen auf eine Weise helfen, wie sie es bis dahin nicht erfahren hatten.

Inzwischen machten wir unsere Arbeit weiter. Wir hatten überall Kontakte. Wir arbeiteten mit verschiedenen Alkoholikern und anderen Süchtigen. Eve hatte schon wieder eine Reihe von Frauen und Mädchen, die zu ihr zur Beratung kamen. Mein Unterricht in Buena Vista ging weiter. Wir besuchten verschiedene Älteste der LGM. Durch unsere Zusammenarbeit mit dem Ministerium für Kinderschutz hatten wir das Vertrauen der Regierung in Santa Cruz gewonnen. Diese bot sich nun an uns die notwendige obrigkeitliche Autorität zu verleihen, um mit den missbrauchten Frauen und Kindern in der Manitoba Kolonie zu arbeiten. Bevor wir uns aber darauf einließen, fuhr ich zum Ältesten der bertreffenden Kolonie, um mich mit ihm zu besprechen. Wir wollten einfach nicht mit obrigkeitlicher Autorität ausgerüstet an diese Arbeit herangehen. Wir würden viel lieber mit den geistlichen Führern der Kolonien zusammen arbeiten und direkt von den Gemeinden gerufen werden. Weiter erklärte ich, dass alle LGM in Bolivien zusammen ein Heim für missbrauchte Frauen und Kinder aufbauen müssten, wo diese entsprechende Hilfe bekommen könnten. Die unmittelbare Reaktion des Ältesten war, dass sie in so einem Heim auch mitbestimmen würden. Darauf konnte ich ihm dann versichern, dass dies sogar eine Voraussetzung sein müsste. Weiter führte ich aus, dass die LGM auch eine Anstalt für die Männer bauen müssten, die sich an ihren Kindern vergingen und die andere Frauen und Mädchen vergewaltigten. Denn auch diese brauchten unbedingt Hilfe. Ich führte ähnliche Gespräche mit anderen Ältesten und auch diese waren durchaus offen für weitere Gespräche. Leider kam es nicht mehr dazu, denn ich musste mich einer schweren Operation an der linken Niere unterziehen und hatte 10 Tage später auch noch eine zusätzliche Bruchoperation. Obzwar ich mich gut davon erholte, riet der Arzt mir, Bolivien zu verlassen. Die großen Schlaglöcher auf den Landwegen Boliviens könnten zu einem schweren Bruch meines Bauchnetzes führen, das dann kaum noch geflickt werden könnte.

Durch die Gespräche mit den Ältesten wurde aber auch klar, dass diese sich der Not ihrer missbrauchten Frauen und Mädchen und auch der Not der Täter durchaus bewusst waren. Weiter waren sie offen für den Gedanken an eine entsprechende Anstalt, die von den LGM aufgebaut und verwaltet werden würde. Hier würden sie auch mitbestimmen können, wenn es um die Auswahl der nötigen Fachkräfte ging. In einer solchen Anstalt würde dann auch das Recht der Frauen, Mädchen und Männer auf Anonymität respektiert werden.

Unsere Frage, warum ist Casa Mariposa praktisch leer, wurde jetzt auch beantwortet. Casa Mariposa wurde von einer fremden Missionsgesellschaft aufgebaut und dies ohne Rücksprache mit den LGM. Weiter wurde Casa Mariposa gebaut, um möglichst viele LGM zu bekehren, und damit von ihren eigenen Gemeinschaften zu entfremden. Weiter wurde Casa Mariposa von Angestellten betreut, die nicht für diese schwierige Arbeit qualifiziert waren.

Als wir auf unsere Arbeit in Bolivien vorbereitet wurden, hieß es immer wieder, dass wir die Gesetze des Landes und seine Sitten und Gebräuche unbedingt respektieren müssten. Die Anklage der Kinderschänder stand also vollkommen im Einklang mit dem Bolivianischen Gesetz und mit den Instruktionen, die wir von unserer Missionsbehörde erhalten hatten.

Durch unsere Arbeit bewegten wir uns beständig in zwei sehr verschiedenen Welten, der Welt der Bolivianer mit ihrer Kultur und ihren Gesetzen, und der Welt der LGM mit ihrem besonderen Weltverständnis und ihren Sitten und Gebräuchen. Für die Bolivianer waren wir Bolivianer und für die LGM waren wir LGM. Das heißt wir nahmen sie in ihrem Sosein durchaus ernst und respektierten auch ihre Sitten und Gebräuche. Wir waren also so wie Paulus für die Juden ein Jude und für die Griechen ein Grieche. In Ibnias aber wurde weder die Bolivianische Kultur noch das Bolivianische Gesetz respektiert. Als die Vertreterin vom Ministerium für Kinderschutz später auf Besuch kam, wurde sie einfach nicht in Casa Mariposa eingelassen. Dasselbe geschah auch mit der Rechtsanwältin der missbrauchten Mädchen, die unbedingt die Unterschriften der Mädchen für den Prozess ihres Vaters und Bruders haben musste. Auch ihr wurde das Tor nicht geöffnet. Damit aber, dass wir Casa Mariposa verlassen mussten, wurde dieses wieder zu einer privaten Institution und unterstand somit auch nicht mehr direkt dem Bolivianischen Gesetz. Die Mädchen aber, die wir nach Casa Mariposa gebracht hatten, standen immer noch unter dem Schutz des Ministeriums für Kinderschutz und wurden später dann auch in ein anders Heim gebracht. Casa Mariposa wurde inzwischen aber als solches geschlossen.

WIR PREDIGEN DIE BEKEHRUNG!

Immer wieder hörten wir: Wir predigen die Bekehrung. Und dies nicht nur einmal, sondern immer wieder aufs Neue. Wenn man sich dann abfragte wovon und wozu haben sich die LGM bekehrt, dann gab es sehr verschiedene Antworten. Erstens hatten sie sich von den sehr strengen Sitten und Gebräuchen der LGM zu dem offenen Lebensstil der neuen Gemeinden bekehrt. Zweitens hatten sie sich zu dem sehr hohen Lebensstandard der ausländischen Missionare bekehrt. Dieses Phänomen gibt es auf allen Missionsfeldern, wo die Missionare aus dem Ausland kommen, und einen weit höheren Lebensstandard genießen, als die Einheimischen. In China nannte man sie 'Reischristen'. In den Kolonien nannte man sie Toyota Sequoia-Christen. Leider war diese Bekehrung für die LGM aber vergebens, denn die meisten blieben genauso arm, wie sie vorher gewesen waren. Drittens gab es bestimmt auch solche, die sich wirklich zu Jesus Christus als ihrem Herrn und Heiland bekehrt hatten. Da es aber an gründlicher biblischer Unterweisung fehlte, - der Prediger war schließlich ein Evangelist- war dies doch wohl eine Minderheit in der Gemeinde.

Für die LGM ist die Hölle etwas, womit sie beinahe täglich konfrontiert werden. Selbst Kleinkinder werden von den Eltern zur Ordnung gerufen mit der Drohung: Wenn du jetzt nicht gehorchst, kommst du in die Hölle! Dagegen ist die Heilsgewissheit für die LGM immer eine offene Frage. Wir hoffen, dass wir in die ewige Seligkeit eingehen werden. Die Hölle dagegen ist jedem sicher, der sich nicht von seinen bösen Werken bekehrt. Wenn der Sünder aber vor der ganzen Gemeinde seine Sünden bekennt, kann der Älteste ihm im Namen der Gemeinde seine Sünden vergeben. Wenn die evangelikalen Missionare nun aber die Bekehrung predigten, wurde diese vollständig aus dem Rahmen der Gemeinde und der Gemeinschaft gelöst. Der Sünder brauchte seine Schuld vor niemanden zu bekennen, Schadenersatz zu leisten und Abbitte von der Gemeinde zu tun. Er brauchte nur das vorgesprochene Gebet nachzusprechen, und dann war er bekehrt. Dann hatte er absolute Heilsgewissheit und die Hölle brauchte er auch nicht mehr zu fürchten. Damit sollten dann auch alle seine Probleme gelöst sein. Der Kinderschänder würde keine Kinder mehr schänden und kein Frauen mehr vergewaltigen. Der Lügner und Betrüger würde von jetzt an nur noch die Wahrheit sprechen. Der Dieb würde nicht mehr stehlen. Der Ehebrecher würde fortan seinem Ehepartner treu sein. Die Hurer würden das Huren lassen. Und die tiefen seelischen und emotionellen Wunden der armen missbrauchten Frauen, Mädchen, Jungen und Männer würden mit einem Schlag für immer geheilt sein. Leider ist es aber nicht so!

Dagegen entspricht das: 'zur tieferen Einsicht kommen' der LGM weit mehr der Biblischen Lehre von der Bekehrung. Sie ist ein Weg, der sich über Tage, Wochen und selbst Jahre ziehen kann. Er beginnt für die LGM mit dem Lesen der Bibel und dem auswendig lernen des Katechismus. Wenn die jungen Menschen dann mit 18 bis 20 Jahren zur Taufe kamen, mussten sie den Katechismus noch einmal gründlich lernen und vor der ganzen Gemeinde aufsagen. Dann kam die Bereinigung des ganzen Lebens vor der Taufe. Jede Sünde, jedes Vergehen, jede Schuld musste aufgedeckt, bekannt und gebüßt werden. Erst dann wurden sie durch die Taufe in die Gemeinde aufgenommen. Für viele der jungen Menschen war dies die Zeit, wo sie sich zur 'tieferen Erkenntnis' durchkämpften, um dann mit der Taufe bewusst den Weg in die Nachfolge Jesu Christi anzutreten.

Als ich einen der Missionare dann fragte, was damit gemeint sei, wenn man immer wieder betonte: Wir predigen die Bekehrung, war er zunächst verblüfft. Als ich ihm dann weiter erklärte, dass dieser Satz für sich selber eine schlimme Verzerrung des Evangeliums von Jesus Christus sei, war er betroffen. Als ich ihm dann weiter auslegte, dass es die Aufgabe der Gemeinde sei das Evangelium von Jesus Christus zu predigen, und dass Menschen sich auf Grund der Predigt dieses Evangeliums bekehren könnten, musste er mir recht geben. Wir predigen also nicht die Bekehrung, sondern wir predigen das Evangelium von Jesus Christus. Auf Grund dieser Predigt von Jesus Christus als dem Wege und der Wahrheit des Lebens, werden Menschen zur Erkenntnis ihres falschen Lebensweges kommen, Buße darüber tun und sich entschließen Jesus nachzufolgen. Das ist die Biblische Lehre von der Bekehrung.

Für die LGM war das Wort Bekehrung ein schlimmes Wort, denn allgemein bedeutete es radikale Entfremdung von der bisherigen Gemeinschaft, in der sie hineingeboren waren, und in der sie bisher gelebt hatten. Bekehrung bedeutete weiter, dass alles, woran sie bisher geglaubt hatten und was sie gelebt hatten, falsch war. Es ist dann auch durchaus verständlich, dass die LGM den bekehrungswütigen Missionaren den Eintritt in ihre Kolonien und Dörfer verboten.

Wenn Eve und ich aber mit allem notwendigen Respekt – wie es uns von der Missionsbehörde der Evangelischen Freikirche gelehrt worden war - zu ihren Gottesdiensten gingen und uns später fragten: Was haben wir heute gehört?, dann mussten wir jedes Mal zugeben, dass wir auch in dem Gottesdienst der LGM das Evangelium von Jesus Christus gehört hatten. Auch hier wurde die Biblische Wahrheit verkündet. Auch hier wurde zur Buße und zur Nachfolge Jesu Christi aufgerufen. Das Wort Bekehrung wird von ihnen aber so nicht gebraucht. Sie sprechen vielmehr von der Notwendigkeit, dass jeder Jugendliche, der sich zur Taufe bei ihnen meldet, zur tieferen Erkenntnis der Wahrheit kommen muss.

Das bedeutet, dass er sich alles, was er bisher an Biblischen Wahrheiten gehört und im Katechismus auswendig gelernt hatte, zu Eigen machen muss. Man hofft, dass jeder LGM in seinem Leben zu einem Punkte kommt, wo er Jesus Christus als den Erlöser und Herrn seines Lebens annimmt und bewusst den Weg der Nachfolge antritt. Dabei wird weder gedrängt noch geschoben. Jeder hat das Vorrecht und die Freiheit diese Entscheidung zu treffen, wenn er reif dafür ist.

Allerdings muss hier auch gesagt werden, dass es immer nur eine Minderheit der LGM ist, die zu dieser tieferen Erkenntnis der Wahrheit durchdringt. So wie in jeder Volkskirche, und das sind die LGM schon längst geworden, besteht die Mehrheit der Gemeindeglieder einfach aus Mitläufern. Wenn diese sich mehr oder weniger an die Formen und Traditionen der LGM halten, und keinen Anstoß erregen, werden sie in den Gemeinden als gute Christen angesehen und können in Frieden in ihren Gemeinschaften leben.

Als ich einen der Ältesten besuchte, erklärte ich ihm ganz schlicht, dass auch ich alles das glaube, was im Katechismus der LGM geschrieben steht. Darauf lächelte er und meinte, dann seien wir ja Brüder in Jesus Christus und lud mich zum Sitzen und dann zu einer Mahlzeit ein. Dann erzählte er mir, dass er schon in jungen Jahren unter der Anleitung seines Lehrers zur Erkenntnis der tieferen Wahrheit gekommen sei - sich also im besten Sinne des Wortes bekehrt habe. Nach dieser tieferen Wahrheit, das ist das Evangelium von Jesus Christus, habe er fortan sein Leben gelebt und wolle das auch weiter so halten.

HEIMKEHR, Nov. 2012

Da wir auch nach drei Monaten nicht nach Ibnias kommen durften, überlegten wir, was wir weiter tun sollten. Inzwischen hatten wir aber viele Kontakte und Beziehungen zu den LGM aufgebaut, und diese baten uns, doch weiter in Bolivien zu bleiben. Wir hätten mehr als genug Arbeit gehabt. Aber die Gefahr eines unheilbaren Bruches an der linken Seite meiner Bauchhöhle hatte sich nicht vermindert. Dazu hatten wir auf den Röntgenaufnahmen zum ersten Mal in meinem Leben mein verkrümmtes und schief zusammen gewachsenes Kreuz gesehen. Durch einen schweren Unfall mit zwölf Jahren hatte ich es so schwer beschädigt, dass es ein Wunder ist, dass es bis heute noch nicht gebrochen ist. Auch aus diesem Grunde meinte der Arzt es sei nicht ratsam für mich, weiter in Bolivien zu bleiben. Also entschlossen wir uns zur Heimkehr nach Canada. Heute leben wir in Kelowna. Eve arbeitet aus und ich schreibe Bücher, etwas, wozu ich vorher niemals Zeit hatte.

Ergebnis

Freiheit wofür?

In Joh.8:31-36 spricht Jesus zu den Juden, die schon an ihn glaubten: "<u>Wenn ihr bleiben werdet in meinem Wort, so seid ihr wahrhaftig meine Jünger und werdet die Wahrheit erkennen, und die Wahrheit wird euch frei machen.</u>"

Wenn wir dann weiter fragen, was die Wahrheit für Jesus selber war, dann erklärt er in Mt.5:17: " Ihr sollt nicht meinen, dass ich gekommen bin, das Gesetz und die Propheten aufzulösen; ich bin nicht gekommen aufzulösen, sondern zu erfüllen." Das Gesetz und die Propheten sind auch für Jesus die absolute, von Gott offenbarte Wahrheit. Indem Jesus diese göttliche Wahrheit in all seinem Tun und Lassen voll auslebt, wird er für alle Menschen zum Wege des Lebens.

Das Gesetz in seiner kürzesten Zusammenfassung sind die Zehn Gebote, oder Worte des Lebens. Diese werden dann von den Propheten immer wieder ausgelegt und auf die jeweilige historische Situation angewandt. In der Bergpredigt und in seinen Lehrreden legt Jesus die zehn Worte des Lebens noch einmal in ihrer radikalsten Anwendung aus.

In den zehn Geboten, bei den Propheten und ihrer Erfüllung im NT geht es immer um vier grundsätzliche Beziehungen in die jeder Mensch hineingeboren wird .Es geht um die Beziehung des Menschen zu Gott, zu seiner Schöpfung, zu sich selber und zu seinen Mitmenschen.

Wenn wir im rechten Verhältnis zu Gott leben, beten wir keine falschen Götter an. Die ganze Schöpfung in der wir leben, wird wieder zu Gottes Schöpfung. Diese hat Gott den Menschen übergeben, um sie auf menschliche Weise zu ordnen und zu regieren. Adam fing damit an, dass er allen Tieren und Pflanzen Namen gab. Damit aber, dass sie Namen bekamen, wurden sie in gewissem Sinne erst wirklich, denn sie wurden in die Sprache und Begriffswelt des Menschen aufgenommen und eingeordnet. Da der Mensch immer noch neue Dinge in Gottes Schöpfung entdeckt, sind wir mit dieser Aufgabe immer noch nicht fertig.

Im rechten Verhältnis zu uns selber nehmen wir es an, dass Gott uns als Frau und Mann nach seinem Bilde geschaffen hat. Wir sind von Gott erschaffen, um als seine Söhne und Töchter seine unglaubliche Schöpfung so zu verwalten, dass Fülle des Lebens, Gerechtigkeit und Frieden für alle seine Geschöpfe Wirklichkeit wird; dass ich mich mit den Gaben, die Gott mir anvertraut hat, zufrieden geben muss, und dass ich alles tun werde, was in meinen Kräften steht, um auch meinem Nächsten zu helfen, die Fülle und Erfüllung des Lebens auf seine Weise zu finden.

Im rechten Verhältnis zu unseren Mitmenschen anerkennen wir zuerst, dass auch sie nach dem Ebenbilde Gottes geschaffen sind, dass auch sie berufen sind als Söhne und Töchter Gottes mit uns zusammen diese Schöpfung zu regieren, dass auch sie an erster Stelle vor Gott stehen und ihm verantwortlich sind, dass auch sie ohne Ausnahme nach dem Willen Gottes das Recht haben, Fülle und Erfüllung des Lebens ihren Gaben entsprechend zu erleben.

Ich bin nicht berufen, um meine Mitmenschen zu messen, zu richten und zu verurteilen. Vielmehr sind sie meine Schwestern und meine Brüder, mit denen ich mich gemeinsam auf dem Wege der Nachfolge befinde. Mit unseren verschiedenen Geistesgaben ergänzen wir uns gegenseitig. Gemeinsam verwalten wir Gottes Schöpfung auf solche Weise, dass mehr Recht, Gerechtigkeit und Frieden für alle Menschen möglich wird.

Die Wahrheit aber, dass Jesus von Nazareth der Weg des Lebens ist, und dass er als der Gekreuzigte und Auferstandene der Herr Himmels und der Erde ist, macht uns frei, um Gott in seiner unendlichen Barmherzigkeit und Liebe zu erkennen, um ihn von ganzem Herzen zu lieben mit allem was wir haben und was wir sind, und um unseren Nächsten zu lieben, wie uns selbst. In dieser Wahrheit finden auch wir in allen Wirren der Welt den Weg zum Frieden mit Gott, mit uns selber und mit unseren Mitmenschen und können gelassen den Weg der Nachfolge antreten.

Helmut Isaak

Foto von Familie Isaak 1946

Familie Isaak vor dem Dorfteich 1947

Familienhof in Blumenort, wo ich Helmut Isaak, aufgewachsen bin

Die fünf jüngsten Isaak Kinder 1961

Hochzeitsfoto von Helmut und Käthe 1962

Erste Abschluss Klasse in Loma Plata: Hintere Reihe von links Martin Funk, Gerhard Penner, Isbrandt Hiebert, David Sawatzky, Joseph Guenther. Vorderste Reihe von links Tina Reimer, Susie Reimer, Maria Reimer.

Hauptgebäude von SEMT in Montevideo

Drs. Fritz Kuiper mit seiner Frau vor dem Eingang ihrer Wohnung in Montevideo

Family H. Isaak in Amsterdam Holland

Veronica Käthe Gisela Helmuth + Norbert Isaak, 1971

In March 1970 they went to Holland to study

Mit der Familie in Amsterdam

Im Gespräch mit der Sekretärin der A.D.S.

Vorlesung mit Ds. Meihuesen in Amsterdam

Mit der Familie in Asuncion

Alle Kinder sind versammelt zu Mutters Neunzigstem Geburtstag

Helmut „de Fria" hält bei Eve's Mutter um ihre Hand an

Jeff bringt seine Mutter zu Helmut

Hochzeitsfoto von Helmut und Eve 2006

Hochzeits-Familienfoto

Taufe im Stausee von Hays, Alberta

Predigt Dienst in Hays, Alberta

Predigtdienst in Burns Lake

Versöhnung mit Jonoine auf der Mennonitischen Welt Konferenz in Asuncion 2009

Unser Platz zum Meditieren und Beten in Bolivien 2012

Helmut Isaak ist auch der Autor der Biographie seiner Eltern:

Deutsche Ausgabe

9783735769091 als E-Book

9783735763099 Print-Book

Englische Ausgabe

9783735768964 als E-Book

9783735757685 Print-Book